만사형통 생활 풍수

"만사형통 생활 풍수"

초판 발행 / 2018년 8월 31일
엮은이 / 박태국
발행인 / 이규종
펴낸 곳 / 예감출판사

등록 / 제 2015-000130호
주소 / 경기도 고양시 일산동구 공릉천로 175번길 93-86
전화 / 031-962-8008
팩시 / 031-962-8889
홈페이지 / WWW.elman.kr
전자우편 / elman1985@hanmail.net

건강 . 명예 . 재물운 을 부르는

만사형통
생활풍수

박태국 지음 / 황종찬 박사 감수

선조들의 지혜를 모은 풍수학은

당신의 어렵고 힘든 현실을

보다 쉽게 극복할 수 있도록 도와

행복하고 풍요로운 삶을 가져다 준다

도서
출판 예감

머리말

사람은 태어날 때부터 주어진 운명(運命)을 숙명처럼 받아들여 하루하루를 빈틈없이 쪼개어 매사 어렵고 힘든 현실과 부딪치면서 살아가고 있습니다.

풍수(風水)는 바람, 물 등의 환경(環境)이 우리들에게 미치는 영향을 알려주는 학문으로 숙명 같은 삶도 주변 환경을 자신에게 합당(合當)하게 바꾸면 윤택하고 풍요롭게 살아 갈 수 있다는 방법을 가르쳐 주는 생활지침서 입니다.

특단의 비방(秘方)을 알려 주어 기적이 일어나게 하지는 못하지만 인간들이 오랜 세월 동안 살아오면서 경험한 지혜와 자연의 순리(順理)를 모아 둔 통계(統計)로 현대인의 생활에 잘 활용하면 보다 안정되고 행복한 삶을 누리게 될 것입니다.

아직도 "사람의 질병을 자연의 힘으로 예방하고 치료가 가능하며, 또 자신의 삶까지 바꿀 수 있는 풍수학이 매력적" 이라는 서울대학교 보건학 교수를 역임하셨고 민속학자이며 풍수가이신 황종찬 박사님의 말씀이 생각납니다.

풍요와 행복이라는 인간 본연의 욕구를 보다 쉽게 충

족 시켜 주는 방법을 알려주는 풍수학의 지혜를 좀 더 많은 사람들에게 알려주어 힘들고 지친 우리들의 삶에 희망과 활기를 불어 넣었으면 하는 생각에 이 책을 쓰게 되었습니다.

어려운 현실에 살아가는 것도 힘겨운 일인데 이로운 기운(氣運)이 머물고 생성(生成)되록 생활환경을 바꾸는 것은 넉넉한 사람들의 일로만 생각될지 모르나 주어진 환경 속에서 스스로의 의지와 노력으로 풍수의 기운을 최대한 활용하여 힘든 현실을 쉽게 극복하고 여유로운 삶에 한걸음 더 다가서는 것이 오히려 현명한 선택이 될 것입니다.

풍수학이라면 어렵고 이해가 힘든 학문(學文)이라고 생각 할 것 같아 풍수적 단어들은 최대한 줄여 간단하고 명료하게 쓰 독자 여러분들이 보다 쉽게 풍수를 이해하고 친근감을 가질 수 있도록 하다 보니 학문적 깊이가 적어진 점을 이해 바랍니다.

끝으로 독자 여러분들에게도 건강운과 명예운 그리고 재물운 까지 모두 찾아와 항상 행복하고 풍요로운 삶이 되시길 기원 드립니다.

2018년 여름 島花園 古宅에서

鶴 山 朴 泰 國

목차

1 풍수(風水)란

~

풍수란 글자 그대로 바람(風)과 물(水)을 의미하지만 빛(光), 소리(音), 향기(香), 색(色)과 함께 만물의 생존과 변화에 영향을 끼치는 기운을 발생시키는 원천이 되는데 사람들은 이러한 기운이 만들어 주는 환경에서 태어나 평생 동안 삶을 영위하기 때문에 풍수를 "환경학(環境學)" 또는 "자연 이치학(自然理致學)"이라고 할 수 있다.

또 바람과 물의 피해가 적고 햇볕이 알맞게 쪼이며 편안하고 안락한 기운이 모이는 곳에 살려는 인간 본연의 욕구가 오랜 세월을 지나오면서 쌓인 지혜로운 지식들만 모아 둔 통계학(統計學)이라고도 할 수 있다.

이런 통계들이 사람들의 생활을 보다 윤택하게 하고 행복한 삶을 유지하는데 많은 영향을 끼친다는 사실을 중국 한나라의 청오자(靑烏子)가 "청오경"에 처음 이 이론을 적었고 동진(東晉)의 곽박(郭璞 276~324년)이라는 사람이 "장서(葬書)"에 더욱 체계적으로 써서 풍수의 바탕이 되었다.

우리나라에서 풍수적 관습이 언제부터 시작 되었는지에 관한 기원(起源)은 알려진 것이 없지만 단군실화에서 보여 지는 풍수적 사상 그리고 백제의 시조 온조왕과 고구려의 유리왕이 산세를 살피고 난 후에 도읍지를

정했다는 과정을 보면 자체적으로 발생되어 삼국시대 초기에 이미 퍼져 있었으며 '도선비기(秘記)'를 쓴 신라 말기 도선(道詵 827~898년)은 승려로써 보다는 풍수의 대가(大家)로 널리 알려져 풍수의 아버지라고 한다.

 풍수는 크게 음택(陰宅) 풍수와 양택(陽宅) 풍수로 나눌 수가 있는데 일반적으로 풍수라고 하면 조상의 무덤에 관계되는 음택 풍수를 떠올리는 경우가 많은데 요즘은 살아 있는 사람들에게 직접적으로 길, 흉의 기운이 미치는 양택 풍수에 더 많은 관심을 보이며 실제로 풍수적 이론을 적용하는 경우가 점차 많아지고 있다.

한양 정도(定都)와 풍수

지금부터 약 620년 전 태조 이성계는 도읍지를 개성에서 다른 곳으로 옮겨 나라의 기틀을 새롭게 하고 민심을 얻고자 1392년 권중화를 파견하여 계룡산 아래 신도안을 후보지로 물색하고 무학대사와 계룡산의 형세와 규모를 관찰하였으며 1393년부터 공사를 착수하였으나 경기도 관찰사 하륜이 도읍지는 나라의 중앙에 위치하고 있어야 하는데 신도안은 남쪽으로 치우쳐 있으며 또 계룡산은 건(乾)방위에 있고 물은 손(巽)방위에서 흘러와 산과 물이 부딪치는 나쁜 지형의 땅이므로 도읍지로는 적당치 못하다고 상소하여 공사가 중단되었다.

1394년 정도전과 무학대사가 다시 터를 잡은 지금의 경복궁은 북쪽의 북악산을 주산로 삼고 서쪽의 인왕산을 우백호, 동쪽의 낙산을 좌청룡으로 삼은 뒤 남쪽의 남산과 그 뒤의 관악산을 주작으로 삼은 한양은 전후좌우에서 사신사를 고루 갖춘 풍수적 길지이고 남산은 도성으로 불어오는 한강의 세찬 바람을 막아주는 안산의 역할을 한다.

한양은 날개를 펴고 날아가는 학(鶴)의 형국이라 학의 등에 궁궐을 쉽게 짓기 위해서는 날개를 눌러 두어야 하기 때문에 궁궐을 짓는 것보다 도성을 먼저 쌓아야 했는데 어느 날 큰 눈이 내렸고 아침이 되니 눈이 산마루를 따라 하나의 선을 그리며 녹았다.

그런데 선 밖에는 눈이 쌓여 있었지만 그 안쪽에는 눈이 녹아 없었다. 태조 이성계는 이것은 하늘의 계시라고 믿고서 이 경계선을 따라서 도성을 쌓았다고 한다.

그 결과 한양은 설(雪)이 울타리 친 도성이란 뜻에서 "설울"이라고 불렸고 이것이 오늘날 서울이란 지명이 되었다고 한다.

2 풍수의 중요성

사람은 잉태되는 순간부터 생(生)을 마감할 때까지 평생 동안 여러 가지 환경의 지배를 끊임없이 받으며 살아가는데 그 중에서도 태어날 때 정해지는 자신의 사주(四柱)와 부모님이 지어 주는 성명 그리고 살아가면서 조금씩 바뀌는 관상이나 손금 등 바꿀 수 없거나 또 쉽게 바꾸지 못하는 경우가 많다.

하지만 풍수는 살아가면서 지속적으로 영향을 받게 되

는 주변 환경을 자기 자신에게 합당하고 알맞게 바꾸어 좋은 기운이 직접 발생되게 하며 또 우리들의 실제 생활에 쉽게 적용(適用) 할 수 있고, 여러 부분에 많이 활용 할 수 있는 장점을 가지고 있다.

그리고 우리 주변에는 적은 노력으로 쉽게 성공을 하는 사람이 있는가 하면 하는 일마다 실패를 하여 일생을 망치게 되는 안타까운 사람들을 보게 되는데 이는 자신의 의지와 노력 그리고 주변 환경에서 만들어지게 되며 풍수는 당신에게 이로운 기운을 불어 넣어주는 다양한 방법을 알려 주어 당신의 성공을 도와주게 될 것이다.

또 암(癌)이나 중병으로 병원에서 치료가 불가능 하다고 판정을 받은 환자들이 간혹 공기가 맑은 산골에서 가공 된 음식들은 먹지 않고 자연의 환경 속에서 생산되는 무공해 음식을 먹고 땅과 나무가 주는 자연의 기

운을 온 몸으로 느끼고 받으며 생활을 하다 보니 자기 자신도 모르는 사이에 병이 완화되거나 치유되었다는 것만 보아도 풍수는 우리에게 매우 중요하고 꼭 필요한 학문이라고 할 수 있다.

인류를 포함한 지구상의 만물은 하늘과 땅의 영향을 받으며 생존하는데 무한한 우주 공간속에서 볼 때 우리 인간은 아주 연약하고 미약한 생물(生物)에 지나지 않는 다고 할 수 있다.

그러나 우리 인간들은 자연의 이치에 순응하며 풍부한 사고력과 꿈을 가지고 살아간다면 마땅하게 행복하고 풍요로운 건강한 삶을 누릴 수 있다고 생각한다.

현대 과학으로도 쉽게 풀리지 않는 풍수의 참된 의미는 자연과 사람이 서로 조화를 이루면 살아가야 한다는 것에 더 큰 목적이 있다.

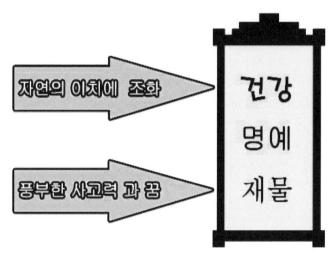

한양 4대문과 4소문

● **4대문**

- 흥인지문(동대문) : 한양의 동쪽 관문이며 다른 문들의 이름은 3자이지만 이 문만 4자인 이유는 한양의 허한 동쪽 기운을 비보(裨補)하기 위하여 산맥의 뜻인 지(之)자를 추가하여 4자가 되었다.
- 돈의문(서대문) : 중국과 교류를 하는 관문으로 일제 때 철거되었다.
- 숭례문(남대문) : 현재 국보 1호이고 당시에는 한양의 남쪽 관문이었으며 한강 건너에 있는 관악산의 화기(火氣)가 강하여 경복궁이 몇 번 화재를 당하였는데 불길은 위로 올라가는 성질이 있어 숭(崇)자와 불에는 물로 다스린다는 의미로 세로로 명판의 글자를 쓰게 되었는데 명필인 "양녕대군"의 글씨라고 한다.
- 숙정문(북대문) : 문을 열어 놓으면 음기(陰氣)가 들어오고 풍기가 문란하여 평상시에는 닫아 놓았음.

● **4소문**

- 혜화문(동소문) : 한양의 동북쪽인 양주, 포천의 관문이었으며 일제 때 철거되었으나 1994년에 복원되었다.
- 광화문(수구문) : 남동쪽에 있으며 시신을 성 밖으로 내 보내는 통로였고 역시 관악산의 화기(火氣)를 다스리기 위하여 문 양쪽에 해태상을 두었으며 1975년에 복원되었다.
- 소의문(서소문) : 서남쪽에 있으며 광화문과 같이 시신을 내 보내는 역할을 하였고 일제 때 철거되었다.
- 창의문(자하문) : 북서쪽에 있으며 4대문인 숙정문 역할을 대신하였으며 1958년에 보수하였다.

3 풍수의 기초

풍수를 이해하려면 먼저 음양오행(陰陽五行)의 상호관계를 알아야 하는데 현대인의 생활 리듬을 지배하고 있는 일주일이 바로 음양오행에서 생긴 것이며, 시작인 월요일의 달(月)과 마지막인 일요일 해(日)의 음양 중간에 화(火), 수(水), 목(木), 금(金), 토(土)의 오행(五行)이 끼여 있다.

| 풍수의 기초 | ▶ | 음양오행 | ▶ | 서로 상생과 상극 작용으로 조화로움 만듦 |

자연의 모든 물질과 현상들을 음(陰)과 양(陽) 2개로 나누는데 음과 양은 서로 반대의 성질은 가지고 있지만 서로의 부족한 부분을 보완해 주는 조화로운 관계를 유지하여 생기(生氣)가 발생되는데 생기는 사람들의 신진대사를 원활하게 하고 사고력과 활동력을 증가 시키는 원천이 된다.

그리고 오행 역시 삼라만상의 모든 것을 5개의 영역 화, 수, 목, 금, 토 로 나누는데 이들은 서로 상생(相生)과 상극(相剋)의 관계를 형성하고 있다.

목은 화를, 화는 토를, 토는 금을, 금은 수를, 수는 목을 도와주고 이롭게 하는 상생의 관계를 서로 맺고 있지만, 목(나무)은 토(흙의 영양분을 먹고)를, 토(흙)는

수(물의 흐름을 막고)를, 수(물)는 화(불을 끄고)를, 화(불)는 금(쇠를 녹이고)을, 금(쇠)은 목(나무를 자르고)을 해롭게 하는 상극의 역할도 한다.

음양오행의 이론(理論)은 우주의 만물을 조화롭게 균형을 잘 유지시켜 주는 자연의 이치이기 때문에 풍수의 기초이론이 된다.

또 이런 음양오행은 여러 역술이나 명리학의 기본이 되며 자신의 운세를 보거나 작명, 결혼을 앞두고 있는 남녀의 궁합을 보는데 사용되기도 하지만 우리나라의 많은 문중에서 가문의 항렬자(行列字)를 정할 때에 적용되기도 하며 일부 회사에서는 신입 사원들을 모집 할 때 활용하기도 한나.

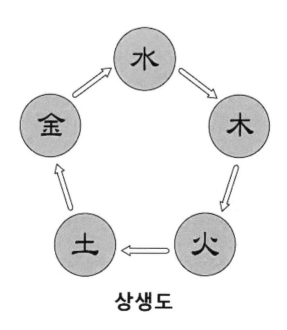

상생도

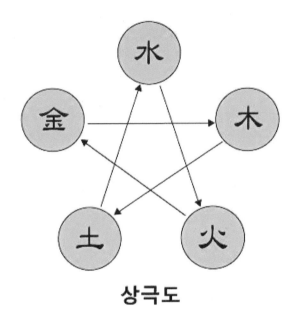

상극도

◎ 오행의 기운(氣運)

● 수(水)

수는 북쪽 방위이고 겨울에 해당되며 하루 중에는 밤에 속하는데 햇빛이 부족하여 어둡고 차가운 기운을 가지고 있다.

추운 곳에서는 식물들이 잘 발육하지 못하여 농사를 짓기가 어려워 수렵(狩獵)을 하거나 방목(放牧)하여 생활을 하며 항상 따뜻한 남방으로 진출하려는 성질을 가지고 있는데 중국의 만리장성도 진시황제가 북쪽의 유목민인 흉노족의 잦은 침입을 막기 위하여 쌓았으니 수(水)의 기운을 방어하려는 것과 같다.

어두운 곳에서는 은밀한 일들이 발생하기가 쉬운데 은밀한 일들을 주위의 사람들도 모르게 비밀리 조용하게 진행시키려면 권모술수의 지혜가 필요하다.

또 사방으로 갇혀 있는 음모 속에서 살아남으려면 침착하고 현명한 지혜가 있어야하기 때문에 북쪽을 지혜의 방위라고 한다.

● 목(木)

목은 동쪽 방위이고 봄에 해당되며 하루 중에는 아침에 속하는데 신선하고 상쾌한 기운을 가지고 시작과 출발을 알린다.

봄에 뿌린 씨앗에서 자라기 시작한 어린 식물의 뿌리는 연약하여 장애물을 만나면 극복하지 못하고 쉽게 방향을 바꾸어 순응해 버리는 것처럼 아직 어린 아이들은 착하고 천진난만하여 많은 사랑과 정(情)을 주어야 잘 자라게 된다.

동방, 동양인이 여기에 속하는데 그래서 동양인은 어질고 정이 많으며 부모나 남에게 의지하려는 마음이 있고 힘센 사람에게는 쉽게 고개를 숙인다.

이는 임금이 절대의 권력을 가지고 있는 군주정치(君主政治)가 발생 하게 되었고 또 오랜 동안 지속되어 온 곳이 바로 동양이라는 사실은 결코 우연이 아니다.

아직은 어려서 기분과 감성에 쉽게 치우쳐 행동하고 꿈은 크나 실천력이 부족하고 경험 없는 일을 했다가 대부분 중도에 그만 두는 경우가 많으며 애정과 감정이 생활을 지배하며 자신보다 약한 사람에게는 큰소리를 치는 경향이 강하다.

● 화(火)

화는 남쪽 방위(方位)이고 여름에 해당되며 하루 중에는 낮에 속하는데 태양은 뜨겁고 강열한 기운을 가지고 있으며 활발하게 움직인다.

사람들은 뜨거운 곳에서 인내하며 견디는 힘이 부족하게 되어 성격이 급하고 과격하게 되며 또 불의 정열적인 힘은 과감하고 무엇이든 확대하고 전진하며 진실을 밝히고 발견하려 든다.

그리고 항상 지면을 타고 낮은 곳으로 흘러가는 물과 다르게 높고 밝게 타 올라 주변을 환하게 비추며 자유분방하고 개방적이다.

그리고 화(火)는 음양 중에 양에 속하여 정신세계를 관여하며 창작(創作)이나 예술 방면에 도움을 주고 식물이 자라 화려하게 꽃을 피운 형상(形象)이며 활발하게 움직이는 기운은 연예인들에게는 아주 이롭다.

남방의 나라인 브라질 사람들은 춤에도 소질이 있고 화려하게 꾸미는 것을 좋아하는 것은 오행 가운데 화(火)의 기운을 받기 때문이다.

● 금(金)

금은 서쪽 방위이고 가을에 해당하며 식물이 자라 열매를 수확하는 추수(秋收)의 기운을 갖고 있는데 추수한 물건들을 판매하면 돈으로 교환되니 재물이 생기게 된다.

그래서 서쪽을 금전운이 있는 방위라 하며 중년기에는 기분이나 감정을 자제하고 실리와 경제, 현실에 중시하듯이 금은 속이 알차고 빈틈이 없으며 돈과 실리에 역점을 둔다.

서방, 서양인이 여기에 속하기 때문에 일찍부터 세계 경제의 중추적 역할을 하고 있으며 어떤 일이든 경제와 현실을 먼저 생각하고 행동하며 기분이나 감정으로 행동하는 동양인과는 반대이다.

성숙한 장년은 남의 지배를 받기 싫어 독립하게 되는데 그런 이유로 서양에서는 군주정치가 발달하기 어려웠으며 자유롭고 자주적인 평등 질서를 가진 민주주의가 빨리 발전하게 되었다.

또 경제적인 주종 관계는 이루어질 수 있어도 계급적인 군신 체계는 성립되기 어려운 것이 서방 세계의 풍토이다.

● 토(土)

토는 일정하게 정해진 방위는 없으나 편의상 중앙을 토의 방위라 정하였고 동서남북 어디에도 영향이 미치며 수, 목, 화, 금과는 달리 특정 된 계절(季節)은 없어도 계절 사이사이의 환절기이다.

명확한 기운이나 형상을 가지고 있지 않는 토는 다만 주변 환경에 따라 순응하고 조화를 이루게 되며 토 위에 나무를 심으면 산이 되고 대지(大地)가 물을 가두어 두면 연못이 되는 것처럼 모든 것을 수용하는 어머니의 넓은 마음을 가지고 있다.

그리고 토는 뚜렷한 자기주장이나 결단력이 부족하여 그 기운이 미약할 것 같지만 다른 기운들과 쉽게 동화(同化)하며 서로를 연결하는데 없어서는 안 되는 매우 중요한 역할을 하는 기운이다.

◎ 오행의 분류(分類)

五行 \ 성질	목(木)		화(火)		토(土)		금(金)		수(水)	
陰陽	양	음	양	음	양	음	양	음	양	음
天干	甲	乙	丙	丁	戊	己	庚	辛	壬	癸
地支	寅	卯	午	巳	辰,戌	丑,未	酉	申	子	亥
지배장부	담	간	소장	심장	위장	비장	대장	폐	방광	신장
오방	동		남		중앙		서		북	
계절	춘		하		변절기		추		동	
수	3,8		2,7		5,0		4,9		1,6	
일	아침		낮		정오		저녁		밤	
색갈	청		적		황		백		흑	
오미	산(酸)신맛		고(苦)쓴맛		감(甘)단맛		신(辛)매운맛		함(鹹)짠맛	
감정	화냄		기쁨		생각, 질투		슬픔		공포	
덕목	어짐(仁)		예의(禮)		믿음(信)		정의(義)		지혜(智)	
소리	각		치		궁		상		우	
질병	얼글, 두통		고혈압, 편두통		피부, 당뇨		호흡, 사지		생식기, 혈액	
오사	교육, 문필		사업, 예체능		종교, 농공		군인, 경찰		법, 기술	
자음	ㄱ,ㅋ		ㄴ,ㄷ,ㄹ,ㅌ		ㅇ,ㅎ		ㅅ,ㅈ,ㅊ		ㅁ,ㅂ,ㅍ	

여근곡(女根谷)

　신라 27대 선덕여왕은 총명하였는데 하루는 경주 남천에 있는 영묘사의 옥문지(玉門池)라는 연못에서 수많은 개구리들이 한겨울인데도 사흘 동안 계속 울어대니 성안의 백성들은 무슨 영문인지 몰라 몹시 소란스러워 하였으나 여왕은 필탄(弼呑)과 알천(關川)이라는 두 장군에게 군사 2천 명을 내어 주면서 급히 경주의 서쪽 지금의 건천 여근곡(女根谷)에 숨어 있는 우소(于召)가 이끄는 백제 군사 500명을 치도록 하였다.

　군사들은 여왕이 어떻게 백제 군사들이 숨어 있다는 것을 알았는지 궁금해하였는데 여왕은 개구리가 성나게 울어대는 형상은 병사들을 상징하고 옥문이란 여자의 음부이니 여근을 의미하고 여근은 음하고 그 색깔이 백색이니 백색은 서방을 나타내며 백제 군사가 있음을 알게 되었다고 말하니 이 말을 듣고는 여왕의 지혜에 탄복하게 되었다.

4 음택(陰宅) 풍수

　조상의 무덤을 명당자리에 잡아야 집안이 번성하고 후
손들이 잘 된다는 말을 누구나 한 번쯤은 들어 보았을
것 같다.
　이는 무덤에서 발생되는 기운이 후손에게 동기감응(同

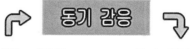

동기 감응

조상의 무덤에서 발생되는 기운　　후손에게 전달

氣感應)되어 복이나 화로 바뀌어 전달되기 때문에 좋은 위치에 조상의 무덤을 마련하여야 한다는 뜻이며 명당(明堂)이란 크게 보면 좋은 무덤자리만 뜻하는 것이 아니고 한 나라의 수도나 시, 도청의 소재지나 택지(宅地)를 결정할 때에도 적용된다.

산세와 지세, 그리고 수세(水勢)를 보고 한눈에 명당 길지라는 것을 쉽게 알 수는 없지만 용(龍), 혈(穴), 사(砂), 수(水) 4가지가 잘 갖추어 형성되어 있는 곳을 명당이라고 한다.

음택 풍수에서 가장 먼저 살피는 용은 산의 흐름, 산줄기를 뜻하며 우주(宇宙)의 좋은 기운이 힘차게 약동하며 산맥을 타고 잘 흐르는지를 본다.

다음으로 혈(穴)은 망자가 묻히는 무덤 자리를 말하는데 용의 흐름이 끝나는 부분에 있으며 혈을 중심으로 전후좌우를 둘러싼 지형과 산이 균형을 이루는 중심에 무덤 자리를 잡아야 명당이 될 수 있다.

용과 혈이 명당 길지에 부합되면 다음으로 고려하는 사(砂)는 혈 자리의 뒤쪽에 있는 주산, 조산 앞쪽에 있는 안산(案山), 좌측에 있는 청룡산, 우측에 있는 백호산들이 적당한 위치에서 둥글고 단아한 모습으로 혈을 잘 감싸 안고 있는 느낌을 주는 곳 이여야 한다.

마지막으로 혈 앞으로 보이는 강, 연못 등 물을 의미하는 수(水)는 좋은 기운이 더 이상 흘러가지 못하게

하여 혈 자리에 기운을 멈추게 하는 역할(役割)을 하는 데 이런 곳이 명당길지라고 할 수 있다.

그러나 음택 풍수는 조상들의 무덤에서 나오는 좋은 기운이 후손들에게 전해지는 데에는 일정한 기간이 필요하고 어느 후손에게 어떻게 전해지는지 명확하게 알 수 없으며 또 한정된 토지 내에서 명당 길지를 찾기가 쉽지 않고 묘지의 유지관리가 어려운 요즘에는 화장(火葬)이나 수목장이 점진적으로 많아지고 있다.

삼국을 통일한 태종 무열왕을 전후로 하여 평지(平地)에 만들어지던 왕릉을 점차 산지(山地)로 옮겨지게 되었는데 이는 산세를 살피 고 왕릉을 쓰는 풍수적 이론의 일부를 적용한 것으로 여겨지고 또 경주 송화산(松花山) 중턱에 있는 김유신 장군의 무덤 자리는 우리나라 최초의 명당으로 꼽고 있다.

음택 풍수는 산줄기의 흐름을 중요시 하여 산세의 모양이나 형세상의 아름다움을 가름하고 산줄기를 타고 흐르는 기(氣)가 어디에 맺혔는지를 가리는 형상론(形象論)과 물의 흐름에 따라 무덤의 방향을 정하는 이기론(理氣論)이다.

또 산의 모양을 사물의 모양에 비유하여 맹호 출림형(猛虎出林形)이니 옥녀 단장형(玉女端粧形)이니 하며 무덤을 정하는 물형론(物形論) 또는 형국론(形局論)으로 나눈다.

그리고 형국론은 산세와 지세를 한 눈에 파악하여 단정하니 초보자들도 쉽게 이해 할 수 있는 요소가 많아 대중에게 친숙한 부분이 되었지만 고전적인 풍수 이론이나 지리서에는 정립 된 이론은 아니기 때문에 보는 사람에 따라 달라 질 수 있으니 형상론이나 이기론과 병행하여 발전되어야 할 부분이다.

명당 찾기 어려움, 묘지난 심각 ⇨ 화장, 수목장

형상론 ➡ 산 줄기의 흐름 혈자리 결정

이기론 ➡ 물의 흐름으로 좌향 결정

형국론 ➡ 산의 모양을 사물에 비유

◎ 음택풍수의 용어

풍수를 공부하려고 책을 펴면 먼저 음택 풍수에서 사용되는 어려운 용어들을 이해하지 못하여 풍수는 어렵다고 만 느껴 그만 책을 접고 마는 경우가 많은데 여기에서는 음택에 관한 용어들을 간략하게 적을까 한다.

음택 풍수에서 가장 중요한 용(龍), 혈(穴), 사(砂), 수(水)는 앞서 말하였으니 제외한다.

• **좌향(坐向)**: 좌향은 방위와 밀접한 관련을 맺고 있는 부분으로 무덤의 앞에서 뒤쪽으로 바라보았을 때 산이 있는 방위를 "좌(座)"라고 하고 무덤의 앞쪽, 즉 정면으로 보이는 방위를 "향向"이라고 한다.

• **조종산(祖宗山)**: 생기가 발원되는 산으로 태조산, 중조산, 소조산을 통칭으로 부르는 명칭이다.

- **맥(脈)**: 산 혹은 산의 줄기를 용으로 보았을 때 용을 타고 흐르는 생기(生氣)가 있는데 그 기운이 흐르도록 산과 산을 이어주는 줄기라고 할 수 있다.

- **청룡(靑龍)**: 무덤을 중심으로 왼쪽으로 뻗어 나가면서 바람을 막아주는 산줄기를 말하며 자손의 건강과 출세 등 남자에게 기운이 미친다.

- **백호(白虎)**: 무덤을 감싸 안듯이 오른쪽으로 뻗어나가는 산의 줄기를 말하는데 재물과 여자에게 기운이 작용한다.

- **현무(玄武)**: 무덤의 뒤쪽에 무덤을 받쳐주는 산을 말한다.

- **주산(主山)**: 혈을 맺게 해 주는 무덤 뒤쪽에 높게 솟은 산을 지칭한다.

- **주작(朱雀)**: 무덤의 앞쪽에 위치한 산을 말하는데 산을 비롯하여 강이나 호수 등의 물길도 주작으로 여긴다.

- **안산(案山)**: 무덤의 앞쪽에 있는 혈과 가장 가까운 산으로 주작(朱雀)이라고도 하며 낮게 엎드려 있는 산이다.

- **조산(朝山)**: 무덤의 앞쪽 안산 너머에 있는 크고 높은 산을 말한다.

- **입수(入首)**: 산줄기에서 혈로 들어가는 산머리 부분을 말하는데 무덤 뒤의 볼록한 부분이라 생각하면 된다.

- **선익(蟬翼)**: 혈의 좌우에서 혈을 보호하며 매미의 날개와 비슷한 모양을 하고 있다.

- **전순(前脣)**: 무덤 바로 앞의 마당으로 혈의 남은 기운이 모여 부(富)를 축적한다.

- **수구(水口)**: 산이 끝나는 지점과 물이 만나는 지점을 말하는데 파구(破口)라고도 한다.

- **득수(得水)**: 무덤 자리를 감싸 안듯이 흐르는 하천이나 호수, 바다 또는 물이 흐르지 않는 작은 개울이나 도랑이 있어 혈 자리에 생기가 맺히 도록 하였을 때를 말한다.

재물운을 높이는 방법

금전운은 8방위 중에서도 서쪽, 북쪽 그리고 부동산 운은 토(土)의 기운을 가지고 있는 동북쪽이 강하게 작용하며 색상 또한 황색을 의미하고 있어 재물운을 높여 주니 항상 이 3방위에 결함이나 나쁜 기운이 발생하지 않도록 하여야 한다.

방의 중심에서 서쪽 방위에는 침대를 배치하며 서쪽 벽에는 해바라기 그림이나 사진을 걸어두고, 북서쪽에는 둥근 갓이 있는 스탠드나 전등을, 그리고 동북쪽 방위에는 서랍장을 놓아두고 의류를 차곡차곡 잘 정리하여 넣어둔다.

재물운은 서늘하고 어두운 곳을 좋아하는데 찾아온 재물운이 빠져나가지 못하도록 현금이나 통장, 주식 등은 북쪽 방위의 보관함에 초록색의 큰 주머니에 넣어 보관하여야 한다.

그리고 노란색 계통의 가죽 지갑을 휴대하는 것이 좋은데, 오래되고 찢어진 것은 즉시 교환하여야 하며 상의 안쪽 주머니에 항상 소중하게 간직하여야 한다.

주방의 가스레인지가 수도꼭지나 냉장고와 가까이 배치되어 있으면 그 사이에 녹색 식물의 화분을 놓아두고, 가스레인지 아래로 배수구가 지나가면 금전운도 함께 빠져나간다.

냉장고 위에 전자레인지나 전열기를 올려놓는 것을 절대 피해야 하며 현금이나 통장 또한 주방 근처에 놓아두지 않도록 하여야 한다.

이 밖에도 현관이나 욕실, 화장실의 청결과 정리정돈에 유념해야 하고, 특히 현관과 마주하는 곳에 창문이 있으면 두꺼운 커튼을 설치하는 것이 좋다.

5 양택(陽宅) 풍수

  살아있는 사람들이 생활하고 있는 모든 공간이 양택 풍수에 속하며 현대인들은 하루에 평균 열 시간은 집에서, 아홉 시간은 직장에서, 나머지 시간은 차가 막히는 길거리나 기타 공간에서 제한적으로 살아가며 늘 행복과 풍요로움을 꿈꾸며 복잡하고 고된 나날을 보내는 것이 현실이다.

  주택은 가족 모두의 하루 일과가 시작되는 곳인 동시

에 또 일과를 마치면 돌아와서 휴식을 취하며 내일을 위한 힘을 재생(再生)하고 충전하는 곳으로 행복과 건강한 삶이 직접 연관되는 곳이기 때문에 가장 중요한 안식처이다.

직장은 생계를 위하여 필요한 재정적 수입이 생기는 터전이며 사회적 지위를 보장하여 보다 풍요로운 삶을 살아가게 하는 역할을 하는 곳이다.

양택 풍수는 주택이나 사무실 주변의 전체적인 형세와 방향, 그리고 세부적인 실내 구조 및 크기, 장식물 등이 가족이나 자기 자신에게 미치는 영향을 살펴 좋은 기운이 발생되게 하여 안락하고 쾌적한 생활환경을 만들 수 있도록 하는 풍수를 말하는데 대만이나 일본에서는 가상학(家相學)이라고도 한다.

더구나 양택 풍수는 자신이 살고 있는 주변 환경을 돌

아보고 나쁜 기운이 발생하거나 머물고 있는 방위나 소품들을 직접 찾아 흉(凶)한 기운이 소멸되게 하고 부족한 기운을 보충하여 음양의 균형, 즉 자연의 균형이 이루어지도록 하여 궁극에는 우리 사람들에게 이로운 기운을 받게 해 준다.

힘겹게 느껴지는 생활을 비관하거나 포기하여 풍요로워야 할 삶을 스스로 팽개치는 불행스러운 일은 없어야 된다고 생각하며 풍수가 좀 지루하고 딱딱한 학문이겠지만 끈기를 갖고 차근차근하게 이 책을 모두 읽고 나면 자신도 모르는 사이에 여유로운 마음이 생기고 행복이 한층 가까이에 있음을 느끼게 될 것이다.

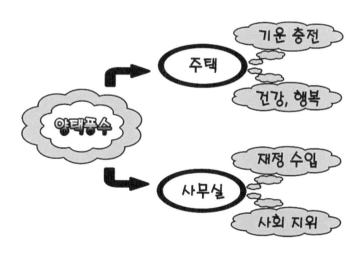

| 양택 | ▶ | 주택, 사무실 | ▶ | 생활하는 사람에게 직접적이고 빠르게 기운 전달 |

사업운을 높이는 방법

사업운을 높이는 방위는 8방위 중에서도 북서쪽, 남동쪽, 서남쪽 방위에서 가장 강하게 높여주며 이 방위에 항상 이로운 기운이 발생하도록 하여야 한다.

북서 방위에 가장이 많이 사용하는 방을 배치하는 것이 좋으며 침대는 좀 큰 것으로 방의 중심에서 동북쪽에 두고 머리는 동쪽으로 하여 잠을 자며 배치 공간이 마땅하지 않으면 동쪽 방위에 배치하여도 좋다.

동쪽 방위에는 화병에 빨간색 꽃을 꽂아 탁자 위에 두거나 전화기와 스탠드를 놓아두는 것도 좋으며 남동쪽 방위에는 음향기기나 TV를 배치하고 서남쪽 방위에는 담쟁이 화분을 그리고 서쪽 방위에는 황금들판의 풍경화나 사진을 걸어 두면 좋다.

만약 여성이 사업을 한다면 여성의 본분을 항상 잊지 말아야 하고 침실의 커튼이나 침대 커버는 작은 꽃무늬가 있는 것이 좋으며 사업을 계획하고 구상할 때 앉는 의자 아래에도 꽃무늬가 수놓아진 양탄자를 깔려 있으면 좋고 반드시 동쪽 방위에 빨간색 꽃을 장식하면 사업운을 활발하게 하고 운도 높여 준다.

현관은 사업운과 직결되는 곳으로 골프채나 우산꽂이, 자주 신지 않는 신발, 아이들이 사용하는 자전거나 장난감 등은 보이지 않게 수납 보관하여야 하고 항상 가지런하고 청결하게 해야 하며 조명은 좀 늦은 시간까지 켜 두는 것이 좋다.

6 본명성과 오행(五行)

 사람은 누구나 출생 년도에 따라 건(乾), 곤(坤), 감
(坎), 이(離), 진(震), 손(巽), 간(艮), 태(兌) 8개 방
위에 중앙을 포함한 9개 방위의 고유한 기운과 함께
오행의 기운을 가진 자신만의 본명성을 하나씩 갖고 태
어난다.
 본명성은 중앙에서 시작하여 북서, 서, 동북, 남, 북,
서남, 동, 남동 방위 그리고 다시 중앙의 순으로 매년

한 번씩 위치를 바꾸는데 우리는 가지고 태어난 기운과 이동한 기운의 영향을 평생 동안 받으며 살아가기 때문에 자신의 본명성과 오행을 미리 알아 두면 운세나 이로운 기운을 주는 장소, 방위(方位) 그리고 물질(物質), 색, 음식 등을 알 수 있다.

● 본명성을 산출 하는 공식

◉ 남자: (100-출생년도 끝 두자리)/9의 나머지 숫자가 자신의 본명성이 된다.

(예) 1956년생: (100-56)/9=4 나머지 숫자 8이 본명성

◉ 여자: (출생년도 끝 두자리-4)/9의 나머지 숫자가 자신의 본명성이 된다.

(예) 1963년생: (63-4)/9=6 나머지 숫자 5가 본명성

* 2000년 이후 출생자는 다른 공식이 있으나 여기서는 생략 한다.

* 1932년생 남자와 1936년생 여자는 8방위 때에는 坤(서남)과 艮(동북)에 각각 해당 되고 9방위 때에는 모두 中(중앙)에 해당 된다.

● 출생 년도와 자신의 본명성

성 별 / 오행, 본명성 / 출생 년도	남 자			여 자		
	방위	오행	본명성	방위	오행	본명성
1936,45,54,63,72,81,90,99,08,17	坎(북)	水	一白	艮(동북) 中(중앙)	土	五黃
1935,44,53,62,71,80,89,98,07,16	坤(서남)	土	二黑	巽(남동)	木	四綠
1934,43,52,61,70,79,88,97,06,15	震(동)	木	三碧	震(동)	木	三碧
1933,42,51,60,69,78,87,96,05,14	巽(남동)	木	四綠	坤(서남)	土	二黑
1932,41,50,59,68,77,86,95,04,13	坤(서남) 中(중앙)	土	五黃	坎(북)	水	一白
1931,40,49,58,67,76,85,94,03,12	乾(북서)	金	六白	離(남)	火	九紫
1930,39,48,57,66,75,84,93,02,11	兌(서)	金	七赤	艮(동북)	土	八白
1929,38,47,56,65,74,83,92,01,10	艮(동북)	土	八白	兌(서)	金	七赤
1928,37,46,55,64,73,82,91,00,09	離(남)	火	九紫	乾(북서)	金	六白

가정운을 높이는 방법

가정운이라면 가족 모두가 화목하고 걱정 없이 행복하게 살아가는 것을 말하는데 자본주의 속에서는 가정운 역시 재물운과 사업운에 많은 연관을 하고 있다.

가정운은 8방위 중에서도 동북쪽, 남쪽, 서남쪽 방위가 가장 강하게 작용하니 이 세 방위에 결함이나 나쁜 기운이 발생하지 않도록 하여야 한다.

특히 동북쪽과 서남쪽 방위는 풍수에서 귀문의 방위라고 하는데 변화가 많은 곳이니 깨끗하게 정리 정돈을 하여야 하며 이 방위에 주방, 욕실, 화장실, 창고가 있다면 더욱 세심하게 관리하여야 한다. 조명등은 밝은 것이 좋으며 창문이나 거울 역시 먼지나 얼룩으로 오염이 되지 않게 청소하여야 하며 남쪽 방위 역시 습기가 없도록 청결을 유지해야 한다.

서남쪽 방위는 어머니 방위이니 이 방위가 청결해야만 어머니가 자녀들을 잘 양육하고 남편을 잘 보필하게 되고 이 방위에 놓는 가구는 낮은 것이 좋으며 혹시 식탁이 있다면 식탁 위에 계절에 맞는 꽃을 장식하면 좋다.

7 방위별 기운(氣運)

풍수에서 가장 중요하게 여기는 것은 방위(方位)이며 방위는 태양과 밀접하게 연관되어 있고 동, 서, 남, 북의 기본 방위에 동북, 남동, 서남, 북서의 4방위를 더하여 8방위로 보편적으로 나누는데 여기에 중앙을 더한 9방위에는 각각의 독특한 의미와 기운을 가지고 있다.

● **북(北)**

오행상 수(水)에 해당하고 계절적으로는 겨울, 달로는

12월, 시간상으로는 밤 11시에서 다음날 새벽1시 사이인데 건강과 지혜의 기운이 흐르는 방위이다.

길, 흉의 차이가 큰 특징이 있으며 차분하고 이지적이고 축소적인 기운이 작용하고 애정, 신뢰, 냉정, 침착, 학문의 의미를 지니고 있지만 어둠, 고난, 비밀, 질병 같은 부정적 의미도 함께 지니고 있다.

색깔은 검은색에 해당하며 둘째나 중간 아들, 철학자, 성직자, 승려, 외교관, 임신부가 많이 생활하면 좋은 기운을 받을 수 있다.

침착하게 마음을 모우고 정신을 집중시키기 좋은 방위이므로 학생들 공부방으로 최적의 방위이며 사회적인 성공보다 소박하고 행복한 가정을 얻고자 한다면 이 방위에 침실을 두는 것도 나쁘지는 않다.

북(水)　둘째 아들　지혜의 기운, 소박한 가정

● 동북(東北)

오행상 토(土)에 해당되고 계절적으로는 초봄, 달로는 양력 1월과 2월, 시간상으로는 새벽 1시에서 5시까지이며 부동산운과 변화의 기운이 흐르는 방위이다.

상속운(相續運)과도 깊은 관계가 있으며 혁명, 개혁,

변화, 전직, 이전 등의 의미를 갖고 있는데 서쪽 못지 않게 재물운도 따르는 방위이니 급하게 재물을 불리려고 하지 않는 것이 좋으며 색깔은 밝은 황토색에 해당하고 셋째나 막내아들, 청소년, 상속자, 등산가, 부동산 중개업, 창고 관리자가 생활하면 좋은 공간이다.

이 방위에 침실이 있으면 이사, 전근, 사고, 고부간의 갈등 등의 일들이 자주 생기기 쉬우나 이러한 변화 속에 별안간 행운이 찾아오기도 하며 부엌이 이 방위에 있으면 왕성한 남성적 기운의 영향을 받아 여성다운 매력이 적은 주부로 변하는 경향이 있으니 늘 청결에 주의해야 한다.

동북(土)　　셋째 아들　　부동산의 기운, 변화와 개혁

● 동(東)

오행상 목(木)에 해당하며 계절적으로는 봄, 달로는 양력 3월, 시간상으로는 오전 5시부터 7시 사이이며 진취적이고 신선한 기운이 흐르는 방위이다.

활동적이고 적극적인 힘이 작용하고 정보, 유행, 진출, 새로움, 결단, 발생, 발전, 등의 의미를 갖고 있으며 색깔은 청색에 해당하고 장남, 성인 남자, 유명인, 중견

간부가 생활하면 좋은 공간(空間)이다.

이 방위는 중년 이후의 침실로는 적당하지 않으나 아이들 방이 있으면 동쪽의 활기 찬 기운을 많이 받기 때문에 최상이다.

부엌이 이 방위에 있으면 신선한 기운이 흐르는 공간에서 만든 음식은 가족 모두에게 건강을 가져다주고 주부는 나이 보다 젊게 보이며 발랄하고 경제관념과 미래를 계획하는 감각은 좋아지나 변덕심이 강하여 충동구매를 하는 경우가 많으니 실내나 옷을 검소하게 꾸미거나 입어야 한다.

● 남동(南東)

오행상 목(木), 계절적으로는 늦은 봄에서 초여름까지이며 달로는 양력 4월과 5월, 시간상으로는 오전 7시부터 11시까지에 해당되며 인연과 연애운의 기운이 흐르는 방위이다.

인간관계의 힘이 작용하고 신뢰, 결혼, 교제, 인맥, 신용, 여행 등과 의혹, 잠복, 결단력 부족 등의 의미도 함께 가지고 있으며 색깔은 녹색에 해당하고 장녀, 중년 부인, 현모양처가 생활하면 좋은 기운을 받을 수 있다.

이 방위는 결혼을 앞둔 자녀나 젊은 사람들이 침실로 사용하기에 적합하고 무난한 행복을 얻을 수 있는 방위이나 남편들은 서쪽이나 북서쪽 방위에서 종종 차를 마시거나 독서를 하며 남자다운 기운을 보충해 주면 더욱 좋다.

또 이 방위의 부엌에서 음식을 만들면 좋은 기운이 듬뿍 들어가 가족 모두 건강의 첫걸음이 되니 항상 청결에 주의하여야 한다.

● 남(南)

오행상 화(火)에, 계절적으로는 여름, 달로는 양력 6월, 시간상으로는 오전 11시부터 오후 1시까지에 해당되며 화려함과 풍부한 영감(靈感)의 기운이 흐르는 방위이다.

직감력과 자유분방한 힘이 작용하고 명예, 소송, 교양, 미술, 음악, 문학, 법률, 이별, 다툼 등의 의미도 가지고 있으며 색깔은 붉은색에 해당하고 둘째, 중간 딸, 여배우, 미인, 학자, 지식인, 문화인, 예술인이 생활하면 좋은 방위이다.

창조력이 필요한 직업을 가진 사람들에게는 좋은 침실이나 일반적인 사람들에게는 나쁘며 자유분방한 기운이 강한 실내는 차가운 느낌의 색으로 도배를 하거나 관엽식물을 많이 가져다 놓는 것이 좋다.

부엌 역시 예술적 영감을 필요로 하는 직업을 가진 주부에게는 좋은 반면 반 주부들에게는 사치와 낭비, 화려함만을 추구하여 가정에 나쁜 영향을 미치기도 한다.

● 서남(西南)

오행상 토(土)에, 계절적으로는 늦여름에서 초가을까지, 달로는 7월과 8월, 시간상으로는 오후 1시에서 5시까지에 해당하며 대지(大地)의 차분한 기운이 흐르는 방위이다.

가정의 안정을 좌우하는 힘이 작용하고 관용, 결합, 수용, 성실, 대지, 태만, 편견, 등의 의미를 가지고 있으며 색깔은 진한 황토색에 해당하고 어머니, 주부, 아내, 보모, 유모, 할머니가 생활하면 좋은 기운을 받을 수 있다.

젊은 부부가 이 방위의 침실을 사용하면 나이보다 침착하게 되고 어른스러워지며 40대 이후의 부부가 사용하면 매우 좋은 방위이나 너무 검소하게 생활하게 될 수 있으니 옷이나 실내 장식을 좀 화려하게 꾸미는 것이 좋다.

이 방위에 부엌이 있으면 아이들에게는 좋은 어머니가 되며 조용하게 가정을 꾸려 가는 최고의 주부가 될 수 있으니 냉장고 안을 자주 정리하여 오래 넣어 두는 식품이 없도록 하고 막히는 배수구가 없는지를 항상 신경을 써야 한다.

서남(土)　어머니　차분한 기운, 화려하게 실내 장식

● 서(西)

오행상 금(金)에, 계절적으로는 가을, 달로는 양력 9월이며 시간상으로는 오후 5시에서 7시까지에 해당하며 금전운과 외향적인 기운이 흐르는 방위이다.

화려함과 고독한 기운이 동시에 작용하고 결실, 기쁨, 놀이, 사랑, 아름다움, 희열, 애교, 슬픔 등의 의미를 가지고 있으며 색깔은 붉은 느낌이 나는 백색에 해당하고 셋째나 딸, 어린 소녀, 배우, 화류계 여성이 생활하면 좋다.

이 방위의 침실은 휴식이나 수면을 취하기에는 가장 좋으나 자칫하면 이성(異性) 문제가 발생되기 쉬우며 주업보다는 부업에 열중하는 경우가 있고 서쪽에 머리를 두고 잠을 자면 부부의 생활이 원만하지 못하게 되니 북쪽 가까운 곳으로 침대를 옮겨 머리는 동쪽으로 향하도록 한다.

이 방위에 부엌이 있으면 주부들은 외출을 좋아하고 외모에 신경을 많이 쓰게 되고 가족들은 서로가 개인주의로 화목한 분위기와는 거리가 멀어진다.

서(金)　셋째 딸　금전의 기운, 침대 위치 주의

● 북서(北西)

오행상 금(金)에, 계절적으로는 늦가을에서 초겨울까지이며 달로는 양력 10월과 11월, 시간상으로는 오후 7시부터 11시까지에 해당되며 권력과 명예운이 흐르는 방위이다.

가장의 행운과 건강운에 깊은 관계가 있고 주인, 관청, 출세, 승부, 협력자, 권위, 신성함, 존경, 흉폭, 방만 등의 의미를 가지고 있으며 색깔은 순수한 백색에 해당하고 아버지, 남편, 주인, 대통령, 총리, 회장, 사장, 총장, 지배인, 이사장 등이 생활하면 좋다.

중년 이후 이 방위의 침실을 사용하면 가장이 사회적으로 성공을 거두고 능력도 인정받으며 또 부인이 남편을 받쳐주니 금실 좋은 부부가 될 수 있으며 침대를 사용하지 않은 것이 좋다.

침실로 사용하기 어려우면 서재로 사용하면 좋은데 남편들은 자신의 주장을 줄이고 자중하여야 하며 아이들이 이 방위의 침실을 사용하면 어른스럽게 조숙하게 된다.

이 방위에 부엌이 있으면 주부는 남성적인 기운을 강하게 받아 남편의 존재를 의식하지 않게 되고 또 알뜰하게 절약하며 생활 하는 경우가 적어 금전운에는 좋지 않다.

● 중앙(中央)

천간(天干)의 무(戊)와 기(己)는 8방위에는 제외되었지만 오행상 토(土)에 속하며 계절로는 사계절 사이사이의 변절기에 해당하고 자기중심적인 고집과 비정상적인 기운이 함께 흐르는 방위이다.

중앙은 8방위의 기운을 서로 연결하기도 하고 자신의 기운을 각각의 방위로 확산시키고 전달하며 각각의 방위 기운이 가운데로 모이니 욕심 또 사방이 막혀 있어 고립의 의미도 담고 있다.

색깔은 황색이고 신체에서는 5장 6부, 직장, 배설기관에 해당되며 폭력배, 자살자, 사형수, 죽은 사람, 알코올 중독자, 독불장군, 전과자, 별거, 계약 파기 등의 뜻을 담고 있으며 장의사, 고물상, 철거업, 골동품, 청소업, 고리대금업, 된장 및 간장 등의 관련된 직업에 종사하는 사람이 생활하면 좋은 방위이다.

변화, 변동이 어려운 방위이니 성실하고 차분하게 주어진 사업을 이어가면 주변에서 뜻밖의 조력자가 나타나 도움을 주니 자신의 고집과 오만함을 버리고 항상 이웃이나 주변 사람들과 정을 나누고 소통을 하여야 한다.

중앙(土)　변동 금지　권위, 욕심기운, 주변과 소통

8 택지(宅地) 풍수

주택을 지으려면 제일 먼저 선행되어야 하는 것이 택지가 자신의 고유한 기운과 상생이 되는지를 알아보고 마련하여야 한다.

조선의 학자 홍만선(1643~1715년)은 '산림경제(山林經濟)'에, 이중환(1690~1752년)은 '택리지(宅理地)'에서 집터 주변의 산과 들판, 물길, 인심 등 햇볕이 잘 받는 곳과 집터의 형태와 높낮이에 따라 그 곳에 살고 있는 사람에게 미치는 기운이 다르다는 내용의 풍수적 이론을 적었으며 사람이 태어나 성장하고 가족들과 생활하며 희노애락(喜怒哀樂)과 생로병사(生老病死)의 모든 일이 생기는 곳이 집이라고 밝히고 있다.

더욱이 사람은 활동하는 기운을 충전하기 위하여 잠을 자는데 잠자는 시간은 일생의 3분의 1에 가까울 정도로 엄청나게 많고 또 잠자는 도중에는 사람의 두뇌가 의식 상태에서 무의식 상태로 바뀌며 이때에는 외부의 조그마한 길, 흙의 기운에도 쉽게 영향을 받기 때문에 좋은 집터를 마련하는 것은 그 만큼 중요하다.

택지는 삼각의 형태인 것은 나쁘고 가로 세로 4:3의 비율인 사각형이 좋으며 앞쪽 보다 뒤쪽이 조금 넓고 높은 사다리꼴 모양도 좋다.

좋은 형태의 택지를 구입 할 수 없다면 필요한 부분만큼 담장을 치고 주택을 짓고 나머지 부분은 조경을 하거나 텃밭으로 사용하며 또 분할하여 매도하면 된다.

그리고 택지가 4방위나 3방위가 도로와 접하여 있으면 나쁘니 나쁜 방위에 담장을 튼튼하게 쌓거나 키 큰 나무를 심어 보완 해 준다.

◎ 좋은 기가 결집된 집터

- 집터 뒤쪽에 산이나 구릉이 있고 주변 산세가 아름답고 아담한 곳.

- 앞으로는 멀리 연못이 하나 있거나 맑은 물이 흐르는 곳
- 경사지는 곤란하지만 집터 앞쪽이 약간 낮고 뒤쪽이 높으면 좋다.
- 햇볕이 잘 드는 남향집은 겨울의 찬바람을 막아내는 데 가장 효과적이다.
- 배수가 잘되는 모래 참흙이 좋고 주변보다 높은 곳.
- 토질의 색깔이 밝고 습기가 적당하게 있으며 절개나 성토를 하지 않은 곳.
- 집터의 남쪽에 길이 있으면 영화(榮華)를 누린다.
- 집터는 사각의 네모 반듯한 형태가 가장 이상적이고 삼각형이면 가장 나쁘다.

◎ 나쁜 기가 모여드는 집터

• 주변의 산세가 아름답지 못하고 아담하지 않으며 흉하고 뾰족한 경우.

• 집터가 큰 길이나 교차로 가까이에 있어 먼지가 많고 소음으로 휴식을 취하기 어려운 곳.

• 집터의 동쪽에 큰길이 있으면 가난해 지고 북쪽에 큰 길이 있으면 나쁘다.

• 집터 뒤쪽에서 좌우로 물이 급하게 흘러 집 앞에서 합류하는 곳.

• 주변에 폭포, 교도소, 군사 기지, 종교 사찰, 금속 공장, 묘지, 불을 때던 곳이 있는 곳.

• 산골짜기, 도로, 물길이 집터로 향하여 정면으로 마주 보이는 곳.

• 골목이나 도로의 끝에 자리 한 집터.

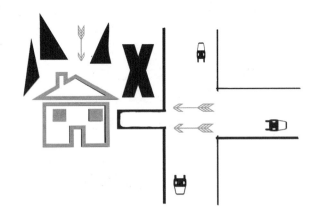

9 건물(建物) 풍수

아파트나 집의 평수는 주택의 가격을 결정하는데 기준이 되기도 하지만 또 은연중에 자신의 재력을 과시하는 경우가 있는데 풍수에서 적당한 주택의 크기는 1인당 7평 정도이다.

하지만 옛날과 달라 요즘은 침대와 소파 그리고 냉장고와 식탁 등 각종 가구와 생활 필수품들이 많으니 그것들을 감안하면 1인당 9평에서 10평 정도가 적당한 것 같다.

사람을 포함한 지상의 모든 생물들은 지기(地氣) 받으며 살아야 하는데 아스팔트와 콘크리트 건물 속에 갇혀 살고 있는 현대인들은 땅에서 솟아 나오는 생기를 충분이 받지 못하기 때문에 각종 질병에 시달리고 성격 또한 난폭해지며 정신적으로 황폐하게 된다.

그러나 우리의 한옥은 흙(土)과 나무(木), 못(金)을 사용하여 집을 짓고 그 안에서 물(水)과 불(火)로 음식을 요리하여 먹도록 건축되어 있어 오행이 모두 갖추어져 있다.

또 온돌방의 방바닥은 지기(地氣)가 가장 활성한 지면(地面)에서 90cm 정도 높이에 설치되어 있으며 나무로 불을 피워 구들장을 달구어 방을 따뜻하게 하였다.

나무는 불을, 불은 흙을 생(生)하게 하는 상생의 이치에 어긋나지 않는 구조로 만들어져 있기 때문에 온돌방에서 생활하면 원만한 성격을 형성되게 할 뿐만 아니라 집을 지을 때 사용한 황토 흙에서 발생하는 좋은 기운은 각종질병의 예방과 자연적 치유에도 많은 이점이 있다.

결함이 있는 집에서 5년 넘게 살면 그 결함으로 인한 나쁜 기운이 평생을 통하여 나타나게 되고 그런 집에서 태어나거나 어린아이 때 생활하면 길, 흉의 영향을 더욱 강하게 받게 된다.

'황제택경(黃帝宅經)'이라는 고문헌에는 주택의 5실

(五實)과 5허(五墟)를 따지는데 5실과 5허는 다음과 같다.

● **5실**(五實)

- 주택의 크기는 작은 듯 하지만 아담하고 생활하는 식구가 많은 경우.
- 주택의 규모에 비하여 대문이 다소 작은 경우.
- 주택 주변의 물길이나 도로가 북쪽 방위에서 남동쪽 이나 남쪽 방위로 집을 감싸듯이 흐르거나 있는 경우.
- 주택의 남동쪽이나 남쪽 방위가 건물 없이 확 트인 경우.
- 담장이 단정하고 바르게 세워져 있고 정원수나 화초가 무상하게 자라며 동물들이 잘 크는 경우.

● 5허(五墟)

- 주택의 크기에 비하여 생활하는 식구가 적은 경우.
- 주택과 마당은 작은데 대문이 높고 큰 경우.
- 주택은 작은데 마당이나 정원이 지나치게 큰 경우.
- 부엌이나 우물이 주택 가운데 있거나 침실과 가까이 에 있는 경우.
- 담장이 없거나 허물어지며 넘어가는 경우.

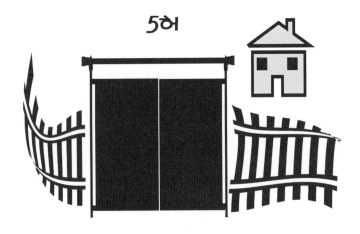

건물의 모양은 평면적으로 가운데가 비어 있지 않은 원형이 생기를 가장 많이 모이게 하고 그 다음이 정팔 각형이나 육각형, 다음이 정사각형 순으로 생기가 모이 게 한다.

사각형의 건물에는 가로 세로 비율이 4:3인 것과 앞 이 좁고 안쪽이 긴 건물은 1:1.618의 비율이 가장 좋 고 가로 세로의 비율이 2:1 이상인 앞쪽이 넓은 건물은 기운이 좌우측으로 분산되며 ㄱ자, ㄴ자, ㄷ자, ㅁ자 형태의 건물은 중심이 없어 기운이 모이지 않는다.

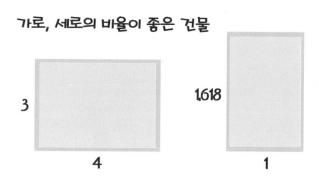

가로, 세로의 비율이 좋은 건물

◎ 건물 요철(凹凸)에 따른 길, 흉

특정 부분이 약간 튀어 나온 건물은 해당 방위에 이로움을 주지만 같이 평행하는 변 길이의 3분의1 이상 지치게 많이 나오거나 반대로 들어가 있으면 해로운 기운이 작용하는 경우가 대부분이다.

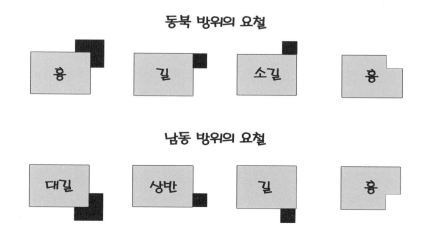

동북 방위의 요철

흉 길 소길 흉

남동 방위의 요철

대길 상반 길 흉

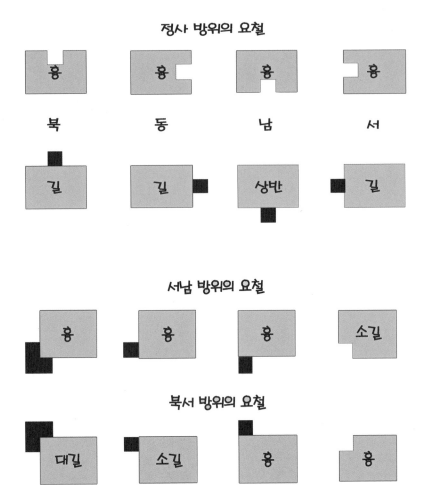

정사 방위의 요철

흉 / 흉 / 흉 / 흉

북 / 동 / 남 / 서

길 / 길 / 상반 / 길

서남 방위의 요철

흉 / 흉 / 흉 / 소길

북서 방위의 요철

대길 / 소길 / 흉 / 흉

◎ 지붕의 형태에 따른 길, 흉

지붕의 형태는 초가지붕이나 돔 모양 같이 가운데가 높은 형태는 좋으나 중심이 낮고 좌우(左右)가 높은 지붕이나 평편한 모양의 지붕은 나쁘다.

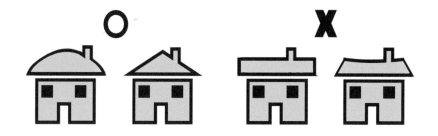

◎ 주택의 출입문과 창문

출입문의 배치(配置)는 가상에서는 매우 중요하며 배치가 매끄럽지 못하면 건강이나 성격에 이상이 생길 수 있는데 보편적으로 두 개의 문이 서로 마주하고 있으며 문이 서로 닫지 않게 반대로 열려야 좋다.

그러나 출입문과 창문(窓門)이 일직선 방향 있으면 기운이 순환 될 틈도 없이 빨리 나가 버리기 때문에 문으로 들어 온 좋은 기회도 포착하기가 어렵게 된다.

또 출입문이 서로 마주하고 있으면서 어긋나 있는 경

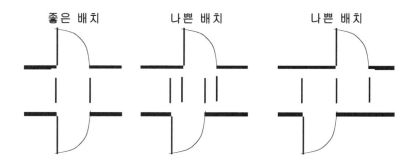

| 좋은 배치 | 나쁜 배치 | 나쁜 배치 |

우는 나쁘며 이런 경우에는 어긋난 부분만큼 화분이나
거울 등을 달아 기운의 균형을 잡아 주어야 한다.

 그리고 출입문을 열었을 때 다른 출입구의 문을 막고
있는 경우 또 협소한 통로에 지나치게 출입문이 많이
있으면 나쁘고 긴 통로 끝에 정면으로 출입문이 하나
만 있는 것도 나쁘다.

 서로 마주하며 어긋나 있지 않아도 한 쪽 문의 크기가
큰 경우에는 좋을 수도 있고 나쁠 수도 있는데 큰 문이
침실이나 거실처럼 커다란 방 쪽으로 열리고 작은 문이
욕실이나 주방 같이 작은 공간으로 열리면 좋으나 그
반대인 경우에는 가족들의 활동이 위축(萎縮)되어 나쁘
다.

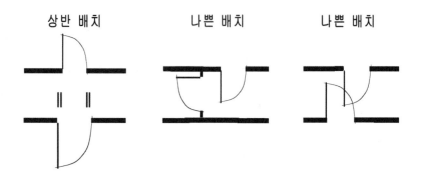

상반 배치   나쁜 배치   나쁜 배치

 출입문의 크기 또한 중요한데 주택이나 방의 크기에
비례하여야 하는데 작은 문은 가족들의 기운을 감소(減
少)시키고 반면 지나치게 큰 문은 행운이 들어와도 머
물지 않기 때문에 보유(保有)하거나 잡지를 못하게 되

니 입구를 검정이나 감청, 감녹, 갈색 등의 짙은 색으로 칠을 하거나 출입문과 조금 떨어진 지점에 중량감을 주는 물건을 배치하여 둔다.

출입문과 창문의 크기와 개수는 집안의 화목에 영향을 미치는데 문은 부모의 입이고 창문은 자녀의 목소리라고 할 수 있으며 창문이 문의 개수보다 3:1 정도의 비율로 많으면 집안의 의견이 분분하여 논란(論難)이 끊이지 않고 자식들은 부모에게 복종하지 않으면 말대꾸를 하게 된다.

또 창문이 출입문 보다 크면 자녀들은 고집이 세고 부모를 무시하여 훈계와 지도를 다르지 않게 되는데 이럴 때에는 창문은 크게 하되 개개의 창문 유리가 작으면 문제가 되지 않는다.

창문은 각기 적절하게 양의 기운을 들여보내는 통로 역할을 하기 때문에 기운의 진입 및 순환을 최대화 시켜야 한다.

그래서 창문은 아래위로 올리거나 내리는 대신 여닫을 수 있어야 하고 바깥으로 열리는 창문은 기운을 외부(外部)로 뻗어 나가게 도와주고 반면 안쪽으로 열리는 창문은 거주자의 성격을 소심하게 만들고 기운의 흐름을 막아 침체되게 한다.

보편적으로 서쪽으로 나 있는 창문은 기우는 태양의 강력한 기운으로 두통이나 일의 효율을 저하시켜 나쁘니 오후가 되면 커튼으로 가려야 한다.

　창문의 상단부는 반드시 가장의 키 보다 높아야 하고 비교적 창문이 넓으면 좋으나 지나치게 좁아 보이는 창문은 기운의 흐름을 제한하여 앞을 멀리 내다보지 못하게 되며 각종 기회가 제한되기 때문에 나쁘다.

　그리고 창문으로 철탑이나 전신주, 삼각형 지붕이나 건물의 모퉁이, 육교, 교회의 탑 등이 보이면 좋지 않다.

10 주택(住宅) 3요

주택은 내부 구조의 특성에 따라 동사택(東舍宅)과 서
사택(西舍宅)으로 나누는데 부부가 함께 잠을 자고 많
이 생활하는 안방과 가족 전체가 먹는 음식을 만드는
공간인 부엌 그리고 외부의 기운을 집안으로 직접 받아

주택 3요란 ? ➡ 안방, 부엌, 대문

들이는 대문이나 현관을 주택 3요라고 하여 중요하게 여긴다.

주택의 중심에서 안방과 부엌, 현관이 북, 동, 남동, 남쪽방위에 위치에 있으면 동사택(東舍宅)이라고 하며 3요가 동북, 서남, 서, 북서쪽 방위에 있으면 서사택(西舍宅)이라고 한다.

◎ 출생 년도에 따른 동, 서사택 찾기

성별 본명	남자 출생 년도	본명	여자 출생 년도
진(震)	34,43,52,61,70,79,88,97,06	진(震)	34,43,52,61,70,79,88,97,06
손(巽)	33,42,51,60,69,78,87,96,05	손(巽)	35,44,53,62,71,80,89,98,07
곤(坤)	41,50,59,68,77,86,95,04,13	간(艮)	36,45,54,63,72,81,90,99,08
건(乾)	40,49,58,67,76,85,94,03,12	건(乾)	37,46,55,64,73,82,91,00,09
태(兌)	39,48,57,66,75,84,93,02,11	태(兌)	38,47,56,65,74,83,92,01,10
간(艮)	38,47,56,65,74,83,92,01,10	간(艮)	39,48,57,66,75,84,93,02,11
이(離)	37,46,55,64,73,82,91,00,09	이(離)	40,49,58,67,76,85,94,03,12
감(坎)	36,45,54,63,72,81,90,99,08	감(坎)	41,50,59,68,77,86,95,04,13
곤(坤)	35,44,53,62,71,80,89,98,07	곤(坤)	33,42,51,60,69,78,87,96,05

● 동사택

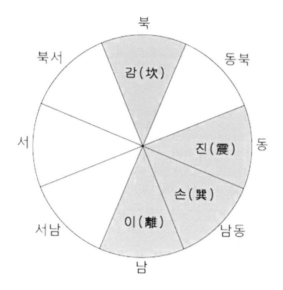

● 서사택

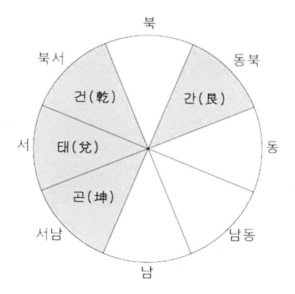

◎ 동, 서사택의 구분 및 방위별 길, 흉

사택\본명 (방위)	동북	동	남동	남	서남	서	북서	북
동사택 진(震)	육살	복위	연년	생기	화해	절명	오귀	천의
동사택 감(坎)	오귀	천의	생기	연년	절명	화해	육살	복위
동사택 손(巽)	절명	연년	복위	천의	오귀	육살	화해	생기
동사택 이(離)	화해	생기	천의	복위	육살	오귀	절명	연년
서사택 간(艮)	복위	육살	절명	화해	생기	연년	천의	오귀
서사택 건(乾)	천의	오귀	화해	절명	연년	생기	복위	육살
서사택 태(兌)	연년	절명	육살	오귀	천의	복위	생기	화해
서사택 곤(坤)	생기	화해	오귀	육살	복위	천의	연년	절명

● 이로움을 주는 방위

생기(生氣. 최대길) : 심신에 기운이 솟아나고 활발해
                지는 방위다.

천의(天醫. 대길) : 몸과 마음을 모두 편안하게 한다.

연년(延年. 중길) : 인내력과 협조심이 생기는 방위이
                다.

복위(伏位. 소길) : 책임감이 높아지고 가족이 서로
                화목하게 된다.

● 나쁜 기운을 주는 방위

절명(絶命. 최대흉) : 혼란을 초래하며 불화를 일어나
                게 하는 방위이다.

오귀(五鬼. 대흉) : 마음을 불안하게 하고 난폭하게
                만들어 손해를 보게 한다.

육살(六殺. 중흉) : 판단력이 부족하게 되고 파괴적이
                며 실패를 가져다준다.

화해(禍害. 소흉) : 고민이 많아지고 우울하게 하며
                원기가 사라지는 방위이다.

안방, 부엌, 대문은 위치하여 있는 방위에 따라 길, 흉
이 달라지는데 3요가 같은 사택의 방위에 통일되어 위
치하고 있어야 좋다.

◎ 주택 3요의 위치에 따른 길, 흉

● 동사택

▶ 북쪽에 대문이 있고 안방이 아래의 방위에 있는 경우

- 북쪽: 초년에는 부귀(富貴)하나 후반에는 실패수가 따르며 부부 불화가 많고 가장이 방랑하게 되나 부엌이 남동, 남쪽에 있으면 길상(吉相)의 주택이 된다.

- 동북쪽: 젊은 부부에게는 나쁜 영향이 미치고 우환이나 관재 구설수에 시달리게 되며 재물을 잃게 되는데 부엌이 동, 남동, 서쪽에 있으면 흉(凶) 작용이 감소한다.

- 동쪽: 경제적으로 윤택하며 초반에는 부귀공명을 누리지만 시간이 지날수록 신용을 잃어 외롭게 되나 남동쪽이나 남쪽에 부엌이 있으면 좋다.

- 남동쪽: 매우 길상이며 남편은 성공을 하고 부인이 현모양처가 되며 자식운도 좋아 효도를 하게 되고 가족이 건강하며 부엌은 북쪽, 동쪽, 남쪽이 좋다.

- 남쪽: 부부가 화목하고 집안에 부귀하게 되며 아들 복은 많으나 말년에 부인의 복통이나 안과 질환

이 우려 되며 북, 동, 남동쪽의 부엌이 좋다.

- 서남쪽: 중간 아들에게 단명운이 있어 특이 나쁜 남녀 모두에게 요절수의 흉작용을 받게 되는데 부엌이 남쪽, 서쪽, 북서쪽에 있으면 그런대로 무난하다.

- 서쪽: 해로움이 겹쳐 일어나 재물이 흩어지고 부인이 요절하여 남편은 결혼을 몇 번 하게 되는데 동북쪽, 서남쪽, 북서쪽에 부엌이 있으면 그나마 무난하다.

- 북서쪽: 자손이 끊어지기가 쉽고 재물을 잃게 부부 화목이 어렵고 자식들 운도 나쁘나 부엌이 동북쪽, 동쪽, 서쪽에 있으면 대체로 무난하다.

▶ 동쪽에 대문이 있고 안방이 아래의 방위에 있는 경우

- 북쪽: 초반의 운세는 좋으나 오래 살면 건강을 해치고 자식들에게 흉한 기운이 미치나 부부가 선행을 많이 하게 되고 남동쪽, 남쪽 부엌이 좋다.

- 동북쪽: 부부가 단명하게 되고 자식들에게 흉(凶)한 기운이 발생되며 재물을 잃고 아버지가 다른 자식이 주도권을 쥐며 도둑이 들고 시비를 겪게 된다.

- 동쪽: 초년에는 부귀 하지만 아내가 단명하고 가족

의 건강이 좋지 않으며 양자를 두어 대를 잇게
되며 부엌이 남동쪽이나 남쪽에 있으면 좋다.

- 남동쪽: 매우 길(吉)한 구조로 만복(萬福)을 누리게
  되며 아들운도 좋아 사방에 명예를 떨치게 되는
  데 북쪽, 동쪽, 남쪽 부엌이 좋다.
- 남쪽: 대길(大吉)한 주택이며 자식들이 출세하고 화
  목하며 사업이 번창하고 장수와 후손의 운도 좋
  으며 북쪽, 남동쪽, 남쪽 부엌이 좋다.
- 서남쪽: 초년에는 간혹 재물과 건강운이 있으나 오
  래 살면 매사 흉(凶)이 많고 위장병이나 황달에
  주의해야 하며 남쪽의 부엌만이 무난하다.
- 서쪽: 재물을 잃게 되고 남편이 단명하게 되는 나쁜
  주택이며 허리나 다리, 복부에 질환이 올 수 있
  으며 북쪽 부엌만이 대체로 무난하다.
- 북서쪽: 집안에 병자가 생기고 사업은 중도에 좌절
  되며 도둑이 들고 관재구설수가 생기는 매우 나
  쁜 주택이며 남편이 도박이나 외박으로 패가망
  신 한다.

▶ **남쪽에 대문이 있고 안방이 아래의 방위에 있는 경우**

- 북쪽: 매우 길(吉)한 주택으로 재물, 명예, 건강이
  찾아 들고 자손운도 좋아 출세를 하게 되나 부

인이 속병을 앓게 되니 부엌이 동, 남동쪽에 있으면 좋다.

- 동북쪽: 초년운은 부귀를 얻으며 무난하나 오래 거주하면 건강도 나빠지고 부인이 집안을 주도하게 되는데 부엌이 남쪽, 서남쪽에 있으면 좋다.
- 동쪽: 길상 중의 길상(吉相)이며 부귀공명, 현모양처, 아들은 총명하고 딸들은 용모가 빼어나고 모든 일이 잘 되며 부엌이 남동쪽에 있으면 대 길상이다.
- 남동쪽: 길한 주택이며 부부가 화목하고 인덕이 있어 부귀가 겹치나 간혹 아내가 집안을 주도하는 경우가 있으며 북쪽, 동쪽, 부엌이 좋다.
- 남쪽: 초년운은 매우 좋으나 가족들의 건강에는 나쁘며 남자들이 단명하게 되어 과부가 되는 경우가 많으며 북쪽, 동쪽, 남동쪽 부엌이 좋다.
- 서남쪽: 가족들이 생기가 없어지고 부인이 홀로 집안을 이끌고 양자나 양녀가 재산을 상속하게 되나 동쪽, 남동쪽, 북서쪽에 부엌이 있으면 그 나마 무난하다.
- 서쪽: 재물이 나가고 부부간에 갈등이 생기고 부인의 성품이 음란해지기 쉬우며 도둑이 들고 대를 잇기가 어려우나 동북, 동쪽 부엌이 좋다.
- 북서쪽: 나쁜 주택이며 재산이 없어지고 자손의 대

를 잇기가 어려우며 화기로 인하여 소화불량, 염
증의 우려가 있고 어느 방위에 부엌이 있어도
나쁨.

▶ **남동쪽에 대문이 있고 안방이 아래의 방위에 있는 경우**

- 북쪽: 매우 길상(吉相)의 주택으로 부부간에 화목하
  고 백년해로 하게 되며 자식들이 총명하고 수려
  한 외모를 겸비하여 집안을 빛내며 동쪽, 남동
  쪽, 남쪽 부엌이 좋다.
- 동북쪽: 불상사가 연이어 생기고 자식들에게 나쁘며
  도둑이 들고 소송과 시비를 당하게 되며 간장,
  위장, 비장, 구강에 염증이 생긴다.
- 동쪽: 초년에는 곤란해도 점차 부귀를 누리게 되며
  가족들의 재주가 뛰어나 명예를 얻는데 북쪽 부
  엌은 대길, 남동, 남쪽 부엌은 길상이다.
- 남동쪽: 아내가 생활의 경제권을 가지게 되고 남편
  의 수명이 단축되며 재물은 조금 모이지만 대를
  잇기가 어려운데 북쪽, 동쪽, 남쪽 부엌이 좋다.
- 남쪽: 부귀가 가득하고 부부가 화목하며 이웃에 선
  행을 베푸는 길한 주택이나 남편의 수명이 짧아
  나쁘나 북쪽, 동쪽, 남동쪽 부엌이 좋다.
- 서남쪽: 관재, 구설수, 손재수 등으로 재물을 잃고

아내가 집안을 주도하여 화목하지 못하고 간장
이나 위장에 병이 생기고 북쪽, 남쪽 부엌이 그
나마 흉이 적다.

• 서쪽: 고부간에 갈등이 생기고 부부 모두 수명이 짧
아 말년에는 외롭게 보내고 양자가 대를 잇게
되며 북쪽 부엌만이 무방하다.

• 북서쪽: 초반에는 부귀, 명예, 건강에 좋으나 신체적
어려움을 겪게 되고 흉한 기운이 많아 잠깐 동
안 살기에는 무방하며 북쪽, 남동쪽 부엌이 무난
하다.

● 서사택

▶ 동북쪽에 대문이 있고 안방이 아래의 방위에 있는 경우

• 북쪽: 관재나 구설수, 도둑, 화재 등으로 집안이 불
안정하게 되고 불화가 생기게 되며 가족 가운데
물에 익사자가 생기고 서쪽 부엌만이 무난하다.

• 동북쪽: 초년에는 생기를 주지만 점차 불화와 질환
이 생기게 되나 잠깐 동안 살집이라면 무방하며
서남쪽, 서쪽 부엌은 길하며 북서쪽 부엌은 초년
운에 만 길하다.

- 동쪽: 집안이 평화롭지 못하고 어려움이 따르며 상처하여 가세가 기울고 간이나 위장병에 시달린다.
- 남동쪽: 어린아이들에게 나쁘며 과부가 되기 쉽고 상하 동료 중 배신자가 생기고 정신 질환이 생기게 된다.
- 남쪽: 남자는 허약하고 소극적이 되지만 여자는 기운이 왕성해져 가풍이 어지러워지고 화목하지 못하게 되나 서남쪽 부엌은 재물운이 좋다.
- 서남쪽: 가세가 점차 번창하고 명예도 얻으며 자식들도 유순하고 총명하며 효도하고 부부가 백년해로 하며 동북쪽, 서남쪽, 서쪽, 북서쪽 부엌이 길하다.
- 서쪽: 가세가 왕성하고 가정이 화목하며 어린나이에 출세하는 자식이 있고 부귀를 누리는 매우 좋은 주택이며 동북쪽, 서쪽, 북서쪽 부엌은 매우 좋고 남쪽 부엌은 서사택 가운데도 매우 좋은 방위이다.
- 북서쪽: 부귀는 많이 누리게 되지만 아내와 아들에게 흉한 기운이 작용하여 남편이 혼자되어 외롭게 살게 되며 동북쪽, 서남쪽, 서쪽 부엌이 무난하다.

▶ 서남쪽에 대문이 있고 안방이 아래의 방위에 있는 경우

- 북쪽: 재물을 잃고 소송과 구설수, 시비가 생기며 중간 아들에게 나쁘고 황달이나 심장병을 초래하며 남쪽, 북서쪽 부엌만 길, 흉이 상반된다.

- 동북쪽: 초년에는 재물, 명예, 건강, 자식운이 따르나 점차 생기가 쇠퇴하여 재물과 건강을 잃게 되며 동북쪽, 서남쪽, 서쪽, 북서쪽 부엌이 좋다.

- 동쪽: 초년에는 재물에 손실이 나중에는 건강도 나빠지며 모자간 사이도 좋지 않으며 위장, 비장에 병이 생기고 남쪽, 북서쪽의 부엌만이 길, 흉이 상반된다.

- 남동쪽: 매우 흉상으로 노모에게 특히 나쁘고 부인에게도 좋지 않으며 남편은 허약체질에 단명하고 구설수, 도박으로 집안이 기울고 아들들이 사고 사(死) 당하게 된다.

- 남쪽: 처음에는 다소 이로움이 있으나 점차 쇠퇴하고 화재의 위험이 따르며 남자들은 허약하게 되어 단명하고 부인이 생활을 주도하게 된다.

- 서남쪽: 초년에는 재물이 생기나 오래 살면 대를 잇기가 어렵고 아내가 재산을 관리하게 되며 동북쪽, 북서쪽 부엌이 이로우며 서쪽 부엌은 재산만 늘려 준다.

- 서쪽: 초년에는 복이오나 오래 살면 남편이 단명하고 자식들의 성장에 어려움이 따르며 딸자식과 함께 살게 되나 북서쪽에 부엌이 있으면 매우 길하다.
- 북서쪽: 부귀를 누리고 장수하게 되며 자식도 여럿이 효도하는 길상의 주택이며 동북쪽 부엌은 대길이고 서남, 서, 북서쪽 부엌도 좋다.

▶ **서쪽에 대문이 있고 안방이 아래의 방위에 있는 경우**

- 북쪽: 부인이 단명하게 되고 남편은 도박과 주색으로 거처가 불안정하게 되어 가정이 기울게 되니 어느 방위의 부엌도 불길하다.
- 동북쪽: 집안에 활기가 생기고 일마다 순조롭게 풀리며 가족들이 화목하고 작은 아들에게 매우 좋아 큰 부자가 되고 부부가 장수하게 된다.
- 동쪽: 모아 둔 재물이 나가게 되고 남편은 건강이 나지며 장남이 요절하게 되어 대(代)를 잇기가 어려우며 심장질환, 척추질환이 발병하게 된다.
- 남동쪽: 부부가 상극(相剋)이 되어 자식들의 건강을 해치며 재물에도 큰 손실을 보게 된다.
- 남쪽: 간혹 재물운은 있으나 부인이 집안을 꾸려가고 남편은 단명하게 되고 부인 역시 건강이 나

빠지며 흉한 일이 많아 점차 재물을 잃게 된다.

- 서남쪽: 처음에는 길하나 점차 불리해지며 복록이 쌓이고 모녀의 미모가 빼어나 명예를 얻게 되나 남자에게 나쁘며 동북, 북서쪽 부엌이 무난하다.
- 서쪽: 초년에는 재물이 모이고 평탄하지만 오래 살면 남편의 수명이 짧아지고 젊은 사람에게 불리해지고 부인이 혼자되어 집안을 이끌게 된다.
- 북서쪽: 재물운은 좋지만 조강지처가 단명하게 되고 손해 보는 일만 생기니 말년에는 외롭게 되며 동북, 남, 서남, 북서쪽 부엌이 이롭다.

▶ **북서쪽에 대문이 있고 안방이 아래의 방위에 있는 경우**

- 북쪽: 초반에는 간혹 부귀를 누리지만 점차 아내와 멀어지고 자식에게도 나쁘며 가풍이 어지러워지며 그 나마 동, 남동쪽 부엌이 초반운을 더해 준다.
- 동북쪽: 좋은 주택이며 재물도 많아지고 자식도 많이 두게 되나 점차 아내와 자식에게 나빠지나 부엌이 서남쪽, 서쪽이 좋으며 동북쪽 부엌은 재물운은 아주 좋으나 건강운이 나쁘다.
- 동쪽: 부자간에 불화가 잦고 장남에게 나빠 대가 끊어지거나 관재와 구설수, 화재, 도난 등을 겪고

심장이나 복부에 통증이 있고 부인은 난산을 하게 된다.

- 남동쪽: 간혹 초반에는 부귀가 따르나 시간이 지나면 부인과 딸에게 나쁘며 도둑이 들거나 소송을 당하며 난산을 하게 되고 그 나마 북쪽 부엌이 초년운을 도와준다.

- 남쪽: 재물의 손실이 크고 도둑이 자주 들며 노인들에게 각종 질병이 따르고 외롭게 말년을 보내게 되며 동북쪽 부엌은 자식들을 총명하게 하며 서남쪽 부엌은 길, 흉이 상반 된다.

- 서남쪽: 집안의 복록이 무궁한 길상(吉相) 중의 길상이며 부귀영화를 누리고 부부가 장수하고 자식들에게 효도를 받게 되며 동북, 서, 북서쪽 부엌이 이롭다.

- 서쪽: 재물운은 좋으나 음란한 일이 집안에 생기게 되고 나이 어린 아내를 새로 맞거나 시어머니가 집안을 주도하게 되며 동북, 서남, 서쪽 부엌이 좋다.

- 북서쪽: 처음에는 부귀를 누리지만 오래 살면 음(陰)의 기운이 약해져 상처하게 되고 자식이 귀하며 부엌이 서남쪽에 있으면 재물운과 건강운이 좋다.

11 주택(住宅) 풍수

　집안에 불미스러운 일이 생기거나 가족 중에 하던 일이 잘 안 되면 가구나 살림살이의 위치를 바꾸는 주부들이 있는데 이는 집안에 새롭고 신선한 기운이 생기게 하여 머물고 있는 나쁜 기운을 몰아내려는 잠재적 욕구에서 나오는 당연한 행위이다.

　주택의 풍수적 배치를 제대로 하려면 집터를 고르고 건물을 지을 때부터 풍수적 이론이 적용되어야 되겠지만 현실적으로는 어렵기 때문에 집안의 가구나 소품의 위치만을 옮겨도 좋은 기운을 받는데 많은 도움이 된다.

주택의 크기가 너무 넓어 자주 사용하지 않는 빈방이 있으면 나쁜 기운이 발생하여 주인에게 허전함과 불안감을 가져다주기 때문에 약간 비좁게 느껴 질 정도의 주택 크기가 좋다.

혹시 빈 방이 있으면 그 방에서 옷을 갈아입거나 보관하는 공간으로 활용하여 자주 드나들고 낮에는 문을 열어놓아 생기가 통하게 하고 겨울에도 불을 피워 따뜻하게 하여야 하며 평소 소심하고 내성적인 사람은 방을 조금 화려하게 꾸며도 무방하다.

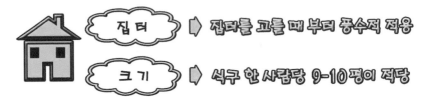

집터 ▷ 집터를 고를 때 부터 풍수적 적용

크기 ▷ 식구 한 사람당 9~10평이 적당

◎ 각각의 방별 기운

● 대문(大門)

대문이나 현관은 사람의 출입이 가장 많고 외부의 기운이 제일 먼저 전달되는 곳으로 집안 전체의 기운을 좌우하기 때문에 우리 조상들은 아침에 일어나면 제일 먼저 대문 주변과 대문으로 이어지는 길을 청소하여 청결을 유지하는데 소홀이 하지 않았다.

대문에서 현관으로 통하는 곳에는 화분을 두거나 꽃을 심으면 좋은데 가시가 있거나 키가 큰 식물은 피하는 것이 좋다.

현관에 벗어 놓은 신발은 탁한 기운이 발생하기 때문에 밝은 색의 신발은 문이 달린 신발장의 위쪽에, 어두운색은 아래쪽에 잘 정리하여 넣어 두고 신발장이 없으면 자주 신지 않는 신발은 상자에 담아 다른 장소에 보관하며 평소 신고 다니는 신발은 항상 가지런하게 정돈해 두는 것을 잊지 말아야 한다.

현관이 넓다면 투명 유리로 된 미닫이문을 달아 거실과 구분하고 밝은 조명으로 나쁜 기운이 들어가는 것을 미리 차단하는 것이 좋다.

 현관을 통하여 들어온 기운이 실내의 대각선 방향으로 쉽게 들어 갈 수 있도록 장해물 없이 트여 있어야 하며 안방이나 부엌, 화장실이 현관에서 바로 보이면 좋지 않다.

 답답하고 막힌 현관은 밝고 온화한 느낌의 백열전구로 조명하고 난초화분을 두며 정물화나 평화로운 풍경화와 함께 맑은소리가 나는 작은 종(鐘)을 달아 기의 흐름을 원활하게 해 주어야 한다.

 또 현관에서 거울이 정면으로 보이면 들어오던 좋은 기운을 반사시키기 때문에 나쁘며 큼직한 거울이 신발장 위에 붙박이 되어 있다면 꽃무늬의 커튼이나 화분으로 절반 정도 가려주거나 조화로 장식한다.

 그리고 신발장 위에는 난초 화분을 두며 우산이나 지팡이, 골프가방이 있으면 보이지 않게 수납장에 넣어 보관하는 것이 좋다.

 양쪽 집의 대문이나 현관문은 서로 마주하지 않아야 하고 문은 집 안쪽으로 열려야 기운이 들어오며 문패를 못으로 박아 고정하는 일이 없도록 하여야 한다.

| 현관 | ▶ | 거실과 구분되게, 전구로 조명은 밝게 | ▶ | 난화분, 풍경화, 종 |

● 거실(居室)

거실은 그 집을 대표하여 외부에 가장 단적으로 보여주고 실질적으로 접촉하며 내부적으로는 가족 간의 공동체 의식을 확인시켜 서로를 이해하고 화목한 분위기를 만드는 곳이므로 항상 햇빛이 잘 들어야 한다.

소파의 이상적인 위치는 현관과 대각선을 이루는 곳에 벽을 등지도록 배치하는 것이 좋고 소파가 거실에 비하여 지나치게 크거나 고급품은 가장의 능력을 감소시켜 결국은 일이 순조롭게 풀리지 않게 되고 무늬가 없는 소파인 경우에는 화려한 무늬의 쿠션으로 운을 높인다.

소파 뒤에는 가훈(家訓)보다 산이나 숲이 있는 풍경사진이나 그림을 걸어두면 좋고 무거운 가구나 큰 가전제품은 기의 흐름을 방해하기 때문에 가능하면 거실에 배치하는 것을 피해야 하고 가전제품에서 나오는 나쁜 기운은 난초화분을 두어 없애야 한다.

소파나 현관 가까운 주변에 남는 공간이 있으면 키가 큰 스탠드를 두어 가족 서로간의 불화를 방지하고 사회적으로도 긍정적인 기운을 받으면 좋은데 기둥이 여러 개인 것은 좋지 않다.

에어컨 옆 창가나 주방으로 가는 공간에는 가장의 키 절반 정도 되는 잎의 크기가 작고 잎의 개수가 많은 화분을 두면 주부의 건강 증진에 도움이 된다.

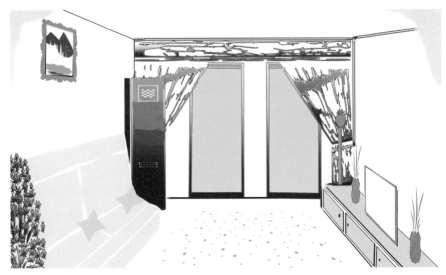

　바닥에는 카펫을 깔지 않는 것이 좋으며 에어컨은 창가 모서리에 배치하고 겨울에도 덮개를 덮어두지 말고 항상 깨끗하게 청소를 해주어야 하며 거실에 거울이 있으면 가족 서로간의 단란한 분위기를 해치게 된다.

　그리고 튀어나온 뻐꾸기시계는 기의 흐름을 흩어지게 하며 탁자는 가능하면 원형에 가까운 형태의 것으로 목제로 된 것이 좋으며 혹시 나무의 결이 살아 있는 탁자라면 천을 씌우지 않아야 한다.

　유리 탁자는 노력하려는 의욕을 상실하게 하고 대리석으로 된 탁자는 음의 기운이 강하여 적극성이 부족하게 되니 반드시 덮개를 씌워서 사용해야 한다.

　커튼은 창문의 보조 장치로 빛을 차단하거나 방음 뿐만 분위기를 좌우하는데 화학 섬유 보다 울이나 순면

등 천연의 섬유가 좋으며 중후함 보다는 편하고 소탈한 무지의 수수한 것으로 하면 좋다.

 어항을 거실에 놓으면 재물운이 좋아지지만 남쪽이나 서쪽에 두면 나쁘고 관리를 잘 하지 못하면 오히려 나쁜 기운만 발생하게 되니 신중하게 생각하여 설치하고, 거실이 좁고 긴 경우에는 중간 지점에 키가 1m 정도 되는 낮은 가구를 두어 양쪽이 정방형에 가깝도록 분리하는 것이 좋다.

 백열전등으로 간접 조명을 밝게 하고 가족들이 모이는 저녁에나 텔레비전을 시청 할 때에도 부분 조명등을 켜지 말고 환하게 주 조명등을 켜 두는 것이 좋으며 오래 되어 어둡거나 깜빡이는 전구는 즉시 교환해 주어야 한다.

 거실에 무늬가 있는 장판지를 깔 때에는 현관에서 실내 쪽으로 자연스럽게 선이 이어지도록 하고 오래 된 고(古) 가구는 밝은 장소에 두며 거실과 직접 통하는 계단이 있으면 문을 다는 것이 좋다.

| 거실 | ▶ | 소파는 현관과 대각선에 | ▶ | 저녁엔 불을 켜놓고 간접 조명을 밝게 |

● 침실(寢室)

 가장(家長)의 사업운과 부부운 그리고 가족들의 생활

리듬에 직접 영향을 주는 곳이 침실이며 피로해진 몸에 원기와 활력을 충전해 주기 때문에 항상 청결하게 유지해야 하며 너무 크거나 작으면 안 된다.

침대는 온돌생활 기준으로 설계된 우리 실정에서 보면 조금 부적합하니 사용하려면 현재보다 천장 높이가 30 ~40cm는 더 높아져야 한다.

그리고 출입문에서 대각선의 가장 안쪽에 배치하는 것이 좋으며 침대머리는 고정 된 벽면에 붙이는 것이 좋으나 침대의 측면은 벽에 붙이지 않아야 한다.

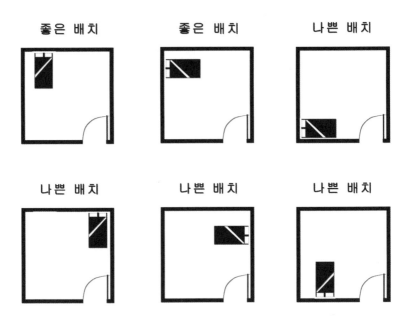

또 창문 아래에 놓아야 할 경우에는 창문과 침대 측면 사이에 공간을 두고 작은 탁자를 놓아두는 것이 좋으며 방이 작은 곳에 침대를 두면 답답함을 느끼게 되어 인

내심이 부족하게 되고 작은 일에도 쉽게 흥분하고 화를 잘 내게 된다.

가장의 잠자리는 방문에서 대각선상의 제일 안쪽에 아내는 바로 옆 방문 쪽에 자는 것이 좋으며 장롱은 방문에서 보이지 않아도 되니 안쪽 벽면에 붙여서 배치하고 장롱 위에 빈 공간이 있으면 나쁜 기운이 쌓이기 때문에 천장까지 막혀 있는 붙박이장을 쓰는 것이 좋다.

또 침실은 항상 따뜻하게 유지되어야 하는데 이는 차가운 방에서 지속적으로 생활을 하면 성격이 냉담하게 바뀌어 여러 사람들과 쉽게 어울리지 못하게 되고 특히 차가운 기운을 발생시키는 금속제품으로 된 침대를 사용하는 것은 피해야 한다.

외출복이나 옷은 꼭 수납장 안에 넣어 두고 여행하면서 구입한 토산품이나 조형물은 거실이나 서재에 간결하게 잘 정리하여 두며 개수가 많은 경우에는 반드시 수납장에 넣어 두어야 한다. 또 침실에 큰 거울이 있거나 침대의 앞이나 뒷면에 거울이 놓여 있으면 불결한 기운이 발생하니 치우는 것이 좋다.

원형이나 팔각형의 작은 시계는 탁자나 서랍장 위에

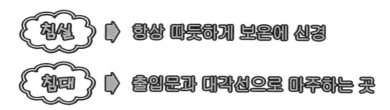

침실 ▶ 항상 따뜻하게 보온에 신경

침대 ▶ 출입문과 대각선으로 마주하는 곳

두며 적당한 크기의 정물화나 풍경화 한 점 정도 벽에 걸어 두는 것이 좋다.

침실 가까운 곳에 화장실이나 욕실이 있으면 문과 일직선상에 침대를 두지 말아야 하고, 욕실 안의 나쁜 기운을 흡수시키기 위하여 빨간색 선인장이나 꽃병을 두며 또 창문가에는 키 작은 초록색 식물을 한 개 정도 놓아둔다.

화장실이 있는 방위로 머리를 두고 자면 부부의 애정운(愛情運)이 감소한다.

침실의 조명등은 사각형보다 원형인 것으로 부드럽게 조명하는 것이 좋으며 또 침실에 햇빛이 들어오지 않으면 의기소침 해지고 정신이 맑지 못하여 일을 할 때 이지적이지 못하고 창의력이 부족하게 된다.

창문을 크게 만들어 침실을 밝게 해 주면 가족서로 간에 격이 없이 화목해지고 개방적인 데는 도움을 주나 재물운과 건강에는 좋지 못하니 커튼으로 조절 하며 먼지가 들어온다고 항상 창문을 닫아두지 말고 자주 열어 침실의 공기를 환기시켜 주어야 한다.

커튼은 두꺼운 것과 얇은 것 이중으로 설치하는 것이

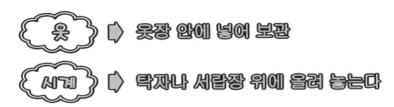

옷 ▷ 옷장 안에 넣어 보관

시계 ▷ 탁자나 서랍장 위에 올려 놓는다

이상적인데 낮에는 커튼을 열어 두어도 괜찮으나 잠을 잘 때 커튼을 열어 두면 부부의 애정 기운이 달아나고 무늬가 현란하거나 사선으로 새겨진 무늬는 건강에 나쁘며 지나치게 화려한 커튼은 소비를 유발하여 재물이 줄어들게 한다.

　재질은 화학섬유 보다 연하고 밝은 색깔에 엷은 무늬가 있는 천연 섬유가 좋고 침대 커버나 베개에 삼각형이나 화살무늬가 있는 것은 양의 기운을 왕성하게 하여 차분한 기운을 쫓아 버리며 베개 위에는 수건을 올려두지 말아야 한다.

　젊은 부부는 방의 중심이나 동쪽 방위에 침대를 배치하고 중년 이후에는 서쪽 방위에 침대를 배치하는 것이 좋다.

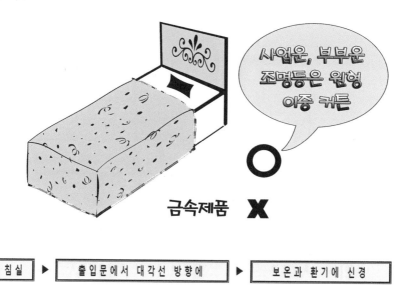

사업운, 부부운 조명등은 원형 이중 커튼

금속제품 X

| 침실 | ▶ | 출입문에서 대각선 방향에 | ▶ | 보온과 환기에 신경 |

● 주방(廚房)

 주부들의 방위이며 물과 불의 기운과 방위의 기운이 함께 들어 간 음식이 만들어지기 때문에 가족 모두의 건강과 재물운에 크게 영향을 미친다.

 주방은 집 중심에서 동쪽이나 동남쪽에 있으면 좋은데 방과 마주하거나 침대와 가까워도 안 되며 서남쪽에 주방이 있으면 햇볕을 많이 받아 실내 온도가 높아져 음식이 쉽게 상하기 때문에 창문을 열어 환기를 자주 시켜 주어야 한다.

 또 음식을 만들거나 가스레인지를 사용 할 때에는 반드시 환풍기를 켜 탁한 기운을 빨리 내보내야 한다.

 쌀통, 냉장고, 가스레인지는 동쪽에 두어 신선한 기운을 많이 받게 해야 하며 냉장고와 가스레인지가 붙어

냉장고 와 가스레인지
사이에
나무 가구와 화분

있으면 흉한 기운이 발생하여 불필요한 지출이 많아지게 되므로 그 사이에 나무로 만들어진 주방가구를 배치하거나 나무판자를 끼워둔다.

그리고 냉장고위에 전자레인지를 올려두는 것도 금물이니 주변에 관엽식물의 화분을 놓아둔다.

세척기나 수도는 서쪽에 두면 좋은데 역시 가스레인지와 가까이에 배치하지 않아야 하고 싱크대 뒤에 창문이 있거나 배수관이 지나가는 위에 가스레인지가 설치되어 있으면 안 좋다.

식탁은 원형이 좋으나 모서리가 완만한 사각형도 괜찮으며 벽에서 약간 떨어지게 놓고 의자는 가족의 수 보다 많아야 되고 식탁에는 직접 조명으로 밝게 하며 전자레인지나 토스터를 굽는 기계처럼 열을 내는 가전제품은 식탁 주변에 놓지 않는 것이 좋다.

요리 기구들은 보이지 않는 곳에 수납 보관하여 사용하는 것이 좋으며 특히 칼이나 가위는 마음고생을 시키거나 금전운이 줄어들게 하니 항상 칼꽂이에 꽂아 별도 보관하는 것이 최선이다.

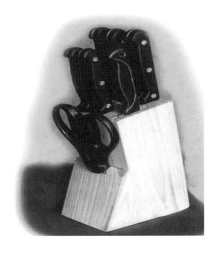

설거지는 미루지 말고 바

로 바로 해야 하며 싱크대 앞바닥에 초록색 계열의 매트를 깔면 재물운과 남편의 성공운을 기대 할 수 있으나 더럽혀지기 전에 자주 교환을 해 주어야 한다.

창가에는 선인장이나 패랭이꽃 등 작은 화분을 두개 정도 놓아두고 흠집이 생기거나 낡은 그릇은 과감하게 버려야 하며 하수구가 막히거나 고장 난 수도꼭지가 있으면 즉시 고쳐야 좋은 기운이 머물게 된다.

서쪽에 부엌이 있으면 돈이 모이지 않고 유흥의 충동이 자주 일어나게 하는데 옅은 파란색 계통의 소품 위주로 주방을 꾸미는 것이 좋으며 차분한 느낌을 주는 호수그림 같은 것을 서쪽이나 북쪽 벽에 걸어 기운을 안정시키고 항상 청결에 유념하여야 한다.

혹시 주방의 싱크대가 화장실과 마주하고 있다면 화장실 문에 꽃그림을 걸어 탁한 기운이 발생(發生)하지 않게 하여야 한다.

| 주방 | ▶ | 방과 마주하지 않게 | ▶ | 고장 난 곳은 즉시 수리, 청결에 유념 |

● 화장실

요즘에는 화장실이나 욕실이 대부분 실내에 있지만 선조들은 화장실을 잘 보이지 않는 곳이나 실외에 주택과 떨어진 곳에 별도로 둔 이유는 집안에서 나쁜 기운이 가장 많이 발생하는 곳이기 때문이다.

목욕을 하거나 욕실을 사용 한 후에는 환기를 시켜 습한 기운을 제거하고 평소 욕조에 물을 받아두는 일이 없어야 하며 또 변기를 사용 후에는 반드시 물을 내리고 뚜껑을 닫아야 하며 출입문은 항상 닫아두고 청결에 유념하여야 한다.

너무 화려하게 꾸미거나 흑백의 차이가 많이 나게 하거나 특정의 색을 강조하는 것도 나쁘니 밝고 환한 색 계통을 선택하여 장식하는 것이 좋고 백열전구로 조명을 밝게 해주며 화장실 문 옆에는 난초 화분을 두거나 붉은색 계열의 꽃 그림을 걸어 나쁜 기운을 없애 주어야 한다.

각종 용품들은 최소한 줄이고 자주 사용 하지 않는 것들은 수납장에 반드시 넣어 보관해야 하며 창문이 없으면 옅은 빨간색 화병에 붉은색 계통의 꽃을, 창문이 있

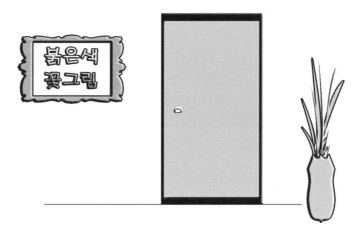

으면 청색 계열의 화병과 붉은색 계통의 꽃을 구석진 곳에 두는 것이 좋다.

창문이 서쪽에 있으면 반드시 햇빛을 차단시켜야 하는데 노란색이나 분홍색 계통의 커튼이나 블라인드를 설치하고 슬리퍼나 기타 용품들은 연녹색 계통으로 장만하면 좋다.

화장실과 욕실은 공간이 허락된다면 전실 개념의 다른 공간의 만들어 각각 분리하여 두면 좋고 남쪽과 서남쪽에 화장실이 있으면 각종 질병이 발생할 확률이 높으니 형광등과 같은 백색 조명이 좋다.

배수구로 들어오거나 나가지 못한 불길한 냄새는 창문을 열어 환기를 시키거나 집 안으로 퍼지기 전에 환풍기로 배출시켜 주고 서쪽 벽에는 알맞은 크기의 거울을 달아 두면 좋은데 거울에 항상 습기가 어려 있지 않게 하여야 한다.

| 화장실 | ▶ | 문을 항상 닫고 사용 후 환기 철저 | ▶ | 밝은 색으로 장식 |

● 아이들 방

아이들 방은 매우 중요한데 이는 어릴 때 받은 주거환경의 좋고 나쁜 기운들이 평생 동안 건강과 성격 형성에 영향을 미치기 때문이다.

아이들이 활발하고 올 바르게 성인으로 자랄 수 있도록 하려면 먼저 부모들이 좋은 환경을 만들어 주는 데에 지속적인 관심과 배려를 아끼지 말아야 한다.

어린 왕자들을 "동궁마마" 라고 부르는데 이는 인생의 시작이 아이일 때부터이고, 하루의 시작인 아침에 떠오르는 태양을 가장 먼저 맞는 궁궐 동쪽 건물에 왕자들을 생활하게 하였기 때문이다.

각 방위별로 영향이 미치는 기운이 달라 큰아들은 동쪽의 방을, 작은아들에게는 동북쪽, 셋째 아들은 북쪽, 큰딸에게는 남동쪽, 작은딸에게는 남쪽, 셋째 딸은 서쪽의 방을 침실로 사용하는 것이 좋으며 자녀가 하나인 경우에는 성별의 구분 없이 동쪽이나 동북쪽의 방이 좋다.

그러나 개개인의 성격과 특성에 따라 다른 방위의 방

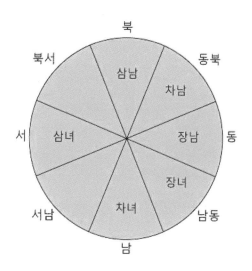

을 사용하는 것이 더 좋은 기운을 받을 수도 있다는 것을 염두에 두어야 한다.

유치원이나 초등학교에 다니는 아이는 남쪽의 방을 사용하게 하여 활동적이고 창조적인 기운을 많이 받게 하는 것이 좋으나 주의가 산만하고 과격한 행동을 보이는 아이인 경우에는 오히려 차분하고 내성적인 기운이 흐르는 북쪽방위의 방을 사용하는 것이 좋다.

동쪽의 방은 성실하고 결단력과 리드십이 생긴다고 무조건 모든 아이들에게 좋은 것은 아니며 남동쪽은 사회성과 관련이 있어서 사교적이고, 또 서쪽의 방은 일반적으로 아이들 방으로는 좋지 않다고 알려져 있는데 부드럽고 이해심이 많아지는 반면 어리광이 심한 아이가 되기 쉽다.

또 동북쪽의 방은 주체성이 부족한 아이로 성격 형성이 되니 아이들의 성격과 본명성의 길, 흉 방위에 따라 세심하고 신중하게 아이들의 방을 결정하여야 한다.

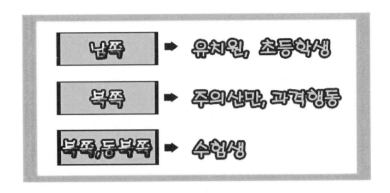

침실과 공부방을 따로 마련해 주면 좋으나 현실적으로 어려운 경우가 많으며 침대는 방문에서 대각선 방향이 되는 곳에 배치하면 좋으나 창문 아래가 되면 오히려 나쁘니 창문과 침대 측면 사이에 약간의 공간을 두어야 하고 침대 머리는 반드시 벽에 붙여야 한다.

또 동쪽 벽이나 침대 앞에는 싱그러운 느낌의 숲이 있는 풍경화 그림이나 사진을 걸어두면 정서적으로 안정감이 생기게 되나 연예인의 사진이나 동물 사진, 이해하기 힘든 추상화를 걸어 두면 나쁘다.

아이들의 공부방은 보편적으로 북쪽의 방이 제일 좋으나 남자는 동쪽, 동북쪽의 방이 여자아이인 경우에는 남동쪽과 남쪽의 방도 좋다.

그리고 책상은 방문을 바라볼 수 있게 배치하면 좋으나 창문 아래인 경우에는 나쁘고 나머지 가구들은 분산 배치하지 말아야 한다.

벽지를 너무 화사하고 다채로운 것을 사용하면 마음이

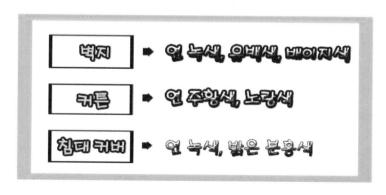

심란하고 초조해지기 때문에 연녹색이나 베이지색, 유백색이 혼합 된 밝은 색이 이상적이고 분홍색이나 진홍색, 어두운색 계통은 마음을 불안하게 하여 성격이 거칠고 급해지게 되며 커튼은 세로무늬가 있는 옅은 노란색이나 연한 주황색이 좋으며 침대 커버는 연녹색이나 밝은 분홍색이 좋다.

● 서재(書齋)

가장의 출세와 재력의 기운이 직결되는 곳이 서재이므로 아이들보다는 집안의 가장이 사용하는 것이 좋으며, 이곳의 책상 역시 방문과 가장 먼 안쪽에 출입문을 바라보며 벽을 등지고 창문을 피하여 배치하며 일정한 거리로 떨어진 동쪽 벽에는 책장을 두면 좋고 창문 너머로 큰길이 있으면 나쁘니 보이지 않게 한다.

북쪽 서재는 독서를 통하여 지식을 얻을 수 있는 기운이 매우 강한 방위이나 차분한 분위기는 자칫 고립을 초래하기도 하며 동북쪽은 조용히 독서하고 생각을 집중하게 하는 방위로 차근차근 실력을 쌓게 되어 명예와 지위를 얻을 수 있으며 경제적으로도 좋아지나 무리한 독서로 오히려 해가 될 수도 있다.

동쪽의 서재는 작가인 사람이 사용하면 젊은 활기가 충만한 책을 쓰게 되고, 남동쪽 서재는 독서의 효율이 높아 지식이 풍부해지고 배운 것을 잘 활용하게 되나 햇볕이 너무 강하면 나쁘기 때문에 창문 밖에 나무가 있으면 아늑한 느낌을 받아 좋고 남쪽, 서남쪽은 서재로는 부적합한 방위이며 서쪽에는 독서와 연구(研究)를 하는 사람에게 좋다.

북서쪽은 서재의 위치로 가장 좋은 곳이며 햇빛도 적당하게 들기 때문에 마음이 평온해지고 두뇌도 명석하게 되며 자신의 소질을 충분히 발휘(發揮) 할 수 있어 명예와 지위 그리고 부(富)를 함께 부르는 방위이다.

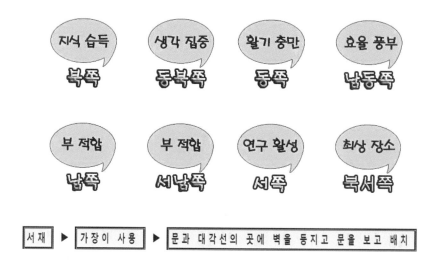

서재 ▶ 가장이 사용 ▶ 문과 대각선의 곳에 벽을 등지고 문을 보고 배치

● 노인방

노인들이 사용하는 방은 현관에서는 가능하면 멀리 떨

어져 조용하고 화장실, 욕실, 거실, 정원등과 가까운 곳
이 적당하며 2층집인 경우에는 아래층을 사용하는 것
이 좋다.

북쪽 방은 한기와 습기에 신경을 써야 하고 동북쪽은
상속을 의미하는 방위이므로 선친의 사업을 계승하려는
사람에게는 좋으며 이 방위에 결함이 있으면 건강과 장
수에도 도움이 되지 않는다.

동쪽 방의 활기찬 기운은 노인들이 이겨 내기가 힘들
며 동남쪽은 건강에는 좋으나 평안함과 침착성이 사라
지기 때문에 정신적으로 좋지 못하고 남쪽 방은 초초하
고 애타게 만들며 시력도 나빠지고 사소한 일에도 관심
을 갖게 되어 겉으로는 건강해 보여도 점점 쇠약 해 진
다.

서남쪽의 노인방은 잔소리가 많아져 가족들에게는 불
편하나 자신은 편안하게 생활을 할 수 있어 좋으며, 서
쪽은 노인에게 가장 알맞은 방위이며 계절상 가을을 의
미하니 인생의 황혼기를 뜻하므로 향락과 휴식의 방위
이기도 하며 북서쪽은 할아버지에게는 매우 좋은 방위

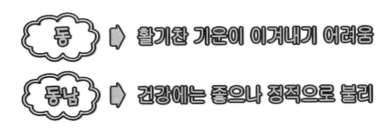

동 ▶ 활기찬 기운이 이겨내기 어려움

동남 ▶ 건강에는 좋으나 정적으로 불리

이나 할머니에게는 조금은 나쁜 기운이 작용하는 방위이다.

노년기에 들어서면 심리적의 변화가 많기 때문에 외부로 부터 영향을 받지 않고 안정되게 휴식을 취 할 수 있도록 방의 방음에 특히 주의를 기울여야 하는데 소리가 작고 느린 음악이라도 노인들에게는 귀찮게 들리며 더욱이 금속 물질이 부딪치는 소리나 쇠 두들기는 소리는 신경을 쇄약하게 하므로 나쁘다.

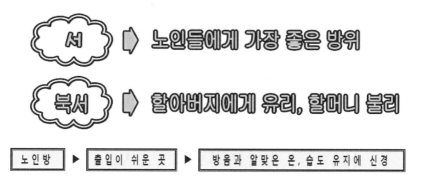

● 베란다

베란다에는 햇볕이 많이 들어오기 때문에 꽃과 식물들이 생육하기가 좋은데, 이곳에 화분을 적당하게 두면 음양의 조화로 집안 전체 기운의 균형을 맞추어 주고 생기를 발생시킨다.

특히 고층 아파트에는 흙이나 돌 등으로 작은 정원을

만들거나 크고 작은 화분을 적당하게 두어 부족한 땅의 기운을 보충하여야 하며 더 많은 기운을 얻으려고 키가 큰 나무를 무작위로 많이 들여 놓는 것은 오히려 해로우며 식물의 키는 가장(家長)의 키 보다 크지 않는 것이 적당하다.

그리고 꽃삽이나 사용하지 않는 화분은 보이지 않게 수납하여 보관하고 죽거나 시든 식물들은 신속하게 다른 화분으로 교환해 주어야 한다.

겨울에는 방한에 주의하여야 하고 여름에는 수분 관리와 병충해 방제에 신경을 써야 하며 특히 집을 오래 비울 때에는 수분 관리에 신경을 써야 한다.

또 양(陽)의 기운을 많이 받아야 하는 간장과 된장 그리고 고추장 단지를 놓아두고 크기가 작은 탁자를 마련해 틈틈이 부부가 커피라도 마시면서 데이트 때의 즐거운 일들을 이야기한다면 금상첨화이다.

베란다

동절기 보온

고사목 즉시 교환

꽃삽, 빈 화분 수납 보관

| 베란다 | ▶ | 화분을 두어 땅의 기운 보충 | ▶ | 식물이 고사하지 않게 관리 철저 |

12 주택의 중심

 양택 풍수에서 대지나 건물의 방위를 측정하려면 가장
먼저 대지나 건물의 중심점을 정확하게 찾아야 하는데
요철(凹凸)이 있거나 건물 등의 장해물이 있으면 찾기
가 어렵다.
 이런 경우에는 대지나 건물의 평면도를 두꺼운 종이에
적당한 크기로 그린 후 가위나 칼로 오려 필기구나 바
늘의 끝에 올려 무게 균형을 잡아 중심을 찾거나 요철

의 모서리 부분 몇 곳에 차례로 실을 매달아 늘어뜨린 후 중심점을 찾고 이를 실제 크기로 환산하여 측정하려는 장소의 중심을 찾으면 된다.

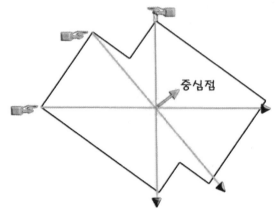

또 방안의 방위를 측정하려면 방의 중심을 건물 안의 방위를 살피려면 건물의 중심점을 찾아 그 중심에 나경의 남북을 잘 맞추어 놓고 해당 방위의 특성을 살피면 된다.

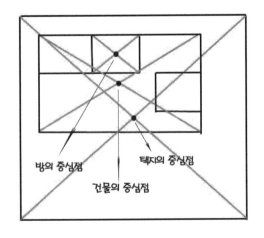

13 아파트 풍수

　도시 집중화 현상으로 대도시에는 인구가 늘어나면서 심각해지는 택지난과 주택난을 해소하기 위하여 대단위 아파트가 점진적으로 많이 건축되며 단독 주택들 조차도 다가구 주택으로 증축, 개축을 하고 있어 아파트 풍수에 관심을 갖는 사람들이 많아지는 추세이다.

　단순하게 생각하면 아파트는 층만 다를 뿐 같은 장소에 있으므로 모든 가구들이 같은 기운을 받을 것이라는 생각은 잘못 된 생각이다.

먼저 아파트의 위치와 방위가 거주자에게 생기를 주는 길(吉)방위 이여야 하며, 또 사람은 필히 땅의 기운을 받으며 살아가야 하는데 각각의 층별로 전해지는 지기 (地氣)가 다르며 아파트의 크기와 가족 구성원의 차이 그리고 특히 개개인의 본명성이 다르고 실내 장식 또한 모두 다르기 때문에 같은 아파트에 살아도 모두 각각의 다른 삶을 살아가게 된다.

◎ 아파트 위치의 길, 흉

자신이 살고 있는 아파트의 동 호수가 아파트 전체에 서 어느 장소에 위치하고 있는지 또 아파트의 형태에 따라 미치는 길, 흉이 다르다.

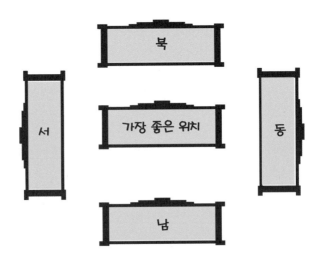

옆의 동이 자신의 아파트를 감싸 안듯이 위치하여 있으면 좋으나 동과 동 사이로 불어오는 바람을 마주는 곳이라면 나쁘고 아파트 외형에 요철이 있는 곳에 살고 있다면 튀어나온 부분에 자신의 호수가 위치하고 있으면 좋다.

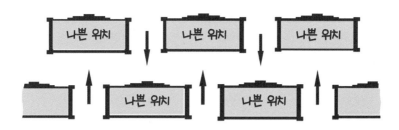

◎ 아파트의 중심 찾기

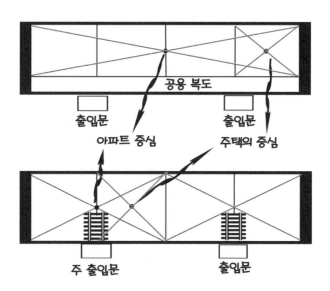

아파트의 구조가 복도식으로 여러 가구가 동시에 사용하는 경우에는 같은 동 전체의 중심을 찾고 계단식이나 승강기를 몇몇의 가구가 함께 사용하는 경우에는 건물 전체가 아니라 출입문을 같이 사용하는 호수들의 중심을 찾으면 된다.

아파트에 출입문이 여러 개 있다면 자신과 가족들이 주로 드나드는 1층 출입구의 방위가 동쪽 방위에 있으면 자신의 아파트 방위는 동쪽(卯)방위가 된다.

그리고 자신이 살고 있는 아파트 동의 중심점이나 호수들의 중심점에서 자신의 집 중심점이 어느 방위에 해당 되는지에 따라 미치는 길, 흉이 매우 다르게 되니 정확하게 찾아야 한다.

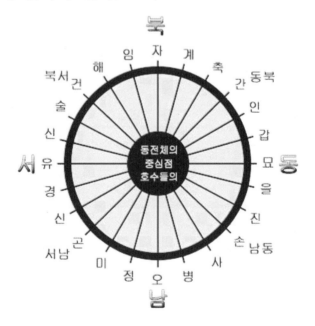

● 북향인 아파트에 자신의 집이 아래의 방위인 경우

자방위(子方位) : 재물운이 좋고 정신적으로 안정을 이룬다.

계방위(癸方位) : 대인관계가 원만하고 활동력이 왕성해진다.

축방위(丑方位) : 그 다지 좋지 않다.

간방위(艮方位) : 좋지 않다.

인방위(寅方位) : 나쁘다.

갑방위(甲方位) : 부동산이나 문서 관계로 행운을 누리고 가족 간에 단란함.

묘방위(卯方位) : 토지운은 좋으나 가족 간에는 화목하지 못하다.

을방위(乙方位) : 재물운은 희박하나 여행운이 길하다.

진방위(辰方位) : 부동산이나 문서운이 생기고 장수를 하게 된다.

손방위(巽方位) : 대인 관계가 활발하고 인기 분야에 능력을 발휘한다.

사방위(巳方位) : 좋지 않다.

병방위(丙方位) : 좋지 않다.

오방위(午方位) : 좋지 않다.

정방위(丁方位) : 좋지 않다.

미방위(未方位) : 재물운이 좋다.

곤방위(坤方位) : 구설수가 있으나 전화위복의 계기로 삼아 성공한다.

신방위(申方位) : 정신적 안정감을 주어 머리를 많이 쓰는 사람에게 좋다.

경방위(庚方位) : 재물운도 길하고 순조롭다.

유방위(酉方位) : 부동산운이 길(吉)하다.

신방위(辛方位) : 부동산운이 길하고 가족 간에 화목하다.

술방위(戌方位) : 명예를 얻고 정신적으로도 평안하다.

건방위(乾方位) : 대체로 무난하다.

해방위(亥方位) : 좋지 않다.

임방위(壬方位) : 재물운이 길하여 큰집을 마련하여 이사를 하게 된다.

● **동북향인 아파트에 자신의 집이 아래의 방위인 경우**

자방위(子方位) : 재물운이 길하고 넉넉한 생활을 하게 된다.

계방위(癸方位) : 자신의 재능을 충분히 발휘하여 성공한다.

축방위(丑方位) : 활발한 움직임으로 성공하거나 재물을 가져 온다.

간방위(艮方位) : 부모나 상사의 덕으로 성공한다.

인방위(寅方位) : 주변 사람들의 협조로 지위가 안정된다.

갑방위(甲方位) : 좋지 않다.

묘방위(卯方位) : 초반의 어려움을 극복하고 명예와 재물을 얻는다.

을방위(乙方位) : 두뇌를 이용한 일에 두각을 나타낸다.

진방위(辰方位) : 연예인이나 사교계로 나아가 성공한다.

손방위(巽方位) : 사교계로 나아가 출세한다.

사방위(巳方位) : 여러 방면에 행운을 누린다.

병방위(丙方位) : 순차적으로 일이 성사된다.

오방위(午方位) : 사회에 인정받는 지위에 오르게 된다.

정방위(丁方位) : 독특한 생각을 바탕으로 성공한다.

미방위(未方位) : 사회적인 신용과 인기를 한 몸에 받는다.

곤방위(坤方位) : 좋지 않다.

신방위(申方位) : 좋지 않다.

경방위(庚方位) : 대체로 무난하다.

유방위(酉方位) : 예술이나 학문 분야에 매우 유리하다.

신방위(辛方位) : 기획이나 연구 분야에 길(吉)하다.

술방위(戌方位) : 좋지 않다.

건방위(乾方位) : 토지운이 따르고 인척의 도움을 받는다.

해방위(亥方位) : 지인이나 친척의 도움으로 성공한다.

임방위(壬方位) : 대인 관계가 원만해지고 귀인의 도움으로 성공한다.

● 동향인 아파트에 자신의 집이 아래의 방위인 경우

자방위(子方位) : 주변 후원자의 도움으로 직업을 바
꾼다.

계방위(癸方位) : 봉급자에게 유리하다.

축방위(丑方位) : 대체로 무난하다.

간방위(艮方位) : 대체로 무난하다.

인방위(寅方位) : 좋지 않다.

갑방위(甲方位) : 이성의 도움을 받아 발전하는 기회
를 얻는다.

묘방위(卯方位) : 좋지 않다.

을방위(乙方位) : 대체로 무난하다.

진방위(辰方位) : 대체로 무난하다.

손방위(巽方位) : 대체로 무난하다.

사방위(巳方位) : 대체로 무난하다.

병방위(丙方位) : 건강운이 좋아 환자의 건강 회복이
빠르다.

오방위(午方位) : 인내력이 강해진다.

정방위(丁方位) : 대체로 무난하다.

미방위(未方位) : 대체로 무난하다.

곤방위(坤方位) : 그 다지 좋지 않다.

신방위(申方位) : 좋지 않다.

경방위(庚方位) : 의외의 수입이 자주 생긴다.

유방위(酉方位) : 대체로 무난하다.

신방위(辛方位) : 주변의 도움으로 어려움이 없다.

술방위(戌方位) : 대체로 무난하다.

건방위(乾方位) : 좋지 않다.

해방위(亥方位) : 좋지 않다.

임방위(壬方位) : 좋지 않다.

● 남동향인 아파트에 자신의 집이 아래의 방위인 경우

자방위(子方位) : 소극적인 성격이 되기 쉽고 은둔 생활하기에 알맞다.

계방위(癸方位) : 좋지 않다.

축방위(丑方位) : 좋지 않다.

간방위(艮方位) : 수입과 지출이 균형을 이루어 안정된 생활을 하게 된다.

인방위(寅方位) : 수입이 안정되고 저명한 지위에 오른다.

갑방위(甲方位) : 좋지 않다.

묘방위(卯方位) : 좋지 않다.

을방위(乙方位) : 좋지 않다.

진방위(辰方位) : 대체로 무난하다.

손방위(巽方位) : 좋지 않다.

사방위(巳方位) : 좋지 않다.

병방위(丙方位) : 좋지 않다.

오방위(午方位) : 좋지 않다.

정방위(丁方位) : 대체로 무난하다.

미방위(未方位) : 좋지 않다.

곤방위(坤方位) : 좋지 않다.

신방위(申方位) : 좋지 않다.

경방위(庚方位) : 좋지 않다.

유방위(酉方位) : 좋지 않다.

신방위(辛方位) : 좋지 않다.

술방위(戌方位) : 좋지 않다.

건방위(乾方位) : 수입과 사회적 지위가 안정된다.

해방위(亥方位) : 좋지 않다.

임방위(壬方位) : 좋지 않다.

● 남향인 아파트에 자신의 집이 아래의 방위인 경우

자방위(子方位) : 타인과 관계되는 일은 항상 유리하
　　　　　　　　게 결말을 보게 된다.

계방위(癸方位) : 지금까지의 고난이 점차 소멸되고
　　　　　　　　성공하게 된다.

축방위(丑方位) : 대체로 무난하다.

간방위(艮方位) : 좋지 않다.

인방위(寅方位) : 좋지 않다.

갑방위(甲方位) : 좋지 않다.

묘방위(卯方位) : 자녀교육에 유리하고 일을 시작하면 순조롭게 풀린다.

을방위(乙方位) : 기획과 새로운 생각에 유리하여 승진운을 좋게 한다.

진방위(辰方位) : 좋지 않다.

손방위(巽方位) : 좋지 않다.

사방위(巳方位) : 좋지 않다.

병방위(丙方位) : 대체로 무난하다.

오방위(午方位) : 대체로 무난하다.

정방위(丁方位) : 대체로 무난하다.

미방위(未方位) : 동료나 윗사람의 도움으로 성공한다.

곤방위(坤方位) : 어려운 일이 생겨도 주변의 도움으로 해결하게 된다.

신방위(申方位) : 친구나 윗사람의 도움을 받는다.

경방위(庚方位) : 평탄한 생활을 하게 되고 귀인의 도움을 받게 된다.

유방위(酉方位) : 점진적으로 성공하는 방위이다.

신방위(辛方位) : 동료나 상사의 도움으로 성공한다.

술방위(戌方位) : 매사가 뜻 한대로 이루어진다.

건방위(乾方位) : 좋은 윗사람을 만나 개인적인 향상을 하게 된다.

해방위(亥方位) : 친구의 덕을 크게 보고 군수(軍需) 관계자에게 대길인 방위이다.

임방위(壬方位) : 목적한 일을 순조롭게 이룬다.

● 서남향인 아파트에 자신의 집이 아래의 방위인 경우

자방위(子方位) : 재물운이 열리고 복잡한 문제도 쉽게 풀린다.

계방위(癸方位) : 재물운이 좋고 공공 관계 일로 이익이 생긴다.

축방위(丑方位) : 좋지 않다.

간방위(艮方位) : 정신적으로 안정된다.

인방위(寅方位) : 친척의 유산을 상속 받게 되고 심신이 안정된다.

갑방위(甲方位) : 안정된 생활을 하게 되고 임신에 도움을 준다.

묘방위(卯方位) : 대체로 무난하다.

을방위(乙方位) : 상사의 도움을 받고 직업상 좋은 기회가 자주 생긴다.

진방위(辰方位) : 재물운이 길하고 식복이 좋게 된다.

손방위(巽方位) : 좋지 않다.

사방위(巳方位) : 대체로 무난하다.

병방위(丙方位) : 성공의 기회가 자주 생기게 된다.

오방위(午方位) : 대체로 무난하다.

정방위(丁方位) : 대체로 무난하다.

미방위(未方位) : 경제적으로는 보통이나 정신적으로 안정 된 생활을 한다.

곤방위(坤方位) : 뜻하지 않게 재물이 생기고 음식 대접을 자주 받게 된다.

신방위(申方位) : 직업상 좋은 기회가 연이어 생기고 남자에게 유리하다.

경방위(庚方位) : 좋지 않다.

유방위(酉方位) : 좋지 않다.

신방위(辛方位) : 좋지 않다.

술방위(戌方位) : 임신이 어려운 부인에게 가능성을 높이고 사교성에 길하다.

건방위(乾方位) : 재물운은 길하나 정신적으로 어려운 일이 많아진다.

해방위(亥方位) : 대체로 무난하다.

임방위(壬方位) : 좋지 않다.

● **서향인 아파트에 자신의 집이 아래의 방위인 경우**

자방위(子方位) : 강인한 성격이 형성되어 어려움을 극복 한다.

계방위(癸方位) : 재물운도 길하고 정신적으로 윤택한

생활을 하게 된다.

축방위(丑方位) : 친구나 상사의 도움을 얻고 겸손한 성품으로 신망을 얻음.

간방위(艮方位) : 미혼자는 배우자를 만나게 되고 기혼자는 정이 두터워 진다.

인방위(寅方位) : 기혼자는 정이 두터워지고 미혼자는 좋은 상대를 만난다.

갑방위(甲方位) : 수입이 많아지고 여행할 기회가 자주 생긴다.

묘방위(卯方位) : 사교 수완이 상승하여 주변의 조력과 인덕으로 성공한다.

을방위(乙方位) : 윗사람의 덕을 보고 대인 관계가 원활하여 신용을 얻는다.

진방위(辰方位) : 매사가 순조롭게 풀리며 경쟁자를 압도 하게 된다.

손방위(巽方位) : 미혼자는 좋은 배우자를 만나고 기혼자는 부인의 내조를 받게 된다.

사방위(巳方位) : 미혼자, 기혼자 모두에게 좋은 방위이다.

병방위(丙方位) : 사업을 이끌어 나가는 능력이 남보다 앞선다.

오방위(午方位) : 좋지 않다.

정방위(丁方位) : 좋지 않다.

미방위(未方位) : 재물운이 따르고 매사에 걱정하는 일이 없어진다.

곤방위(坤方位) : 재물운과 명예운이 좋고 보수적인 성격이 된다.

신방위(申方位) : 안정된 생활을 하게 되고 정신적인 풍요를 누린다.

경방위(庚方位) : 여유로운 생활을 하게 된다.

유방위(酉方位) : 대체로 무난하다.

신방위(辛方位) : 재물운이 길하고 평탄한 생활을 하게 된다.

술방위(戌方位) : 부녀자에게 이로운 방위이며 무난한 생활을 한다.

건방위(乾方位) : 여행하는 기회가 많아지고 그로 인해 이익을 본다.

해방위(亥方位) : 여행이나 출장의 기회가 많고 그로 인해 성공을 한다.

임방위(壬方位) : 여행운이 길하고 그로 인해 이익을 얻는다.

● **북서향인 아파트에 자신의 집이 아래의 방위인 경우**

자방위(子方位) : 좋지 않다.

계방위(癸方位) : 좋지 않다.

축방위(丑方位) : 대체로 무난하다.

간방위(艮方位) : 좋지 않다.

인방위(寅方位) : 좋지 않다.

갑방위(甲方位) : 좋지 않다.

묘방위(卯方位) : 좋지 않다.

을방위(乙方位) : 좋지 않다.

진방위(辰方位) : 좋지 않다.

손방위(巽方位) : 좋지 않다.

사방위(巳方位) : 좋지 않다.

병방위(丙方位) : 좋지 않다.

오방위(午方位) : 좋지 않다.

정방위(丁方位) : 좋지 않다.

미방위(未方位) : 좋지 않다.

곤방위(坤方位) : 좋지 않다.

신방위(申方位) : 좋지 않다.

경방위(庚方位) : 좋지 않다.

유방위(酉方位) : 좋지 않다.

신방위(辛方位) : 대체로 무난하다.

술방위(戌方位) : 대체로 무난하다.

건방위(乾方位) : 좋지 않다.

해방위(亥方位) : 대체로 무난하다.

임방위(壬方位) : 정신적으로 안정되고 즐거운 생활을
하게 된다.

◎ 아파트 층수에 따른

땅을 의지하고 사는 지구의 모든 생명체는 땅의 기운인 지기(地氣)의 영향을 많이 받으며 사는데 지기는 지상에서 15m 까지는 전달되지만 그 이상 높은 공간에서는 기운이 현저하게 떨어지게 된다.

그리고 원시 밀림지대를 제외한 대부분의 나무들은 15m 정도의 높이를 최고 생장점으로 하여 더 이상은 잘 자라지 않는다.

콘크리트 벽으로 차단 된 아파트에는 층이 높아지면 지기의 영향력이 더욱 감소하게 되기 때문에 노약자나 임신부 그리고 어린아이들에게는 고층보다는 저층에서 생활하는 편이 더 유리하다.

보통 5층 높이까지의 아파트는 지기를 그 나마 받을 수 있으며 고층 아파트에서 생활하다 보면 땅의 기운을 받을 기회가 적기 때문에 특히 어린 아이들에게는 흙장난을 많이 하게하고 하는 것이 좋다.

또 가족 모두가 틈틈이 동쪽의 햇빛을 많이 받은 밝은 빛이 나는 황토 땅에서 야영(野營)을 하며 부족한 지기

지기보충 가족 ⇨ 황토 땅 야영
아이들 ⇨ 놀이터 흙장난

(地氣)를 보충시키는 것이 좋다.

지기가 부족하게 되면 어깨와 등, 목덜미가 뻣뻣하거나 두통, 현기증, 불면증, 변비, 가슴 통증 등이 유발되기 쉽다.

그리고 시골에서 생활해 온 부모들이 도시의 자녀 집에서 오래 머물지 못하고 시골로 돌아가는 것은 땅의 기운이 부족 한데서 오는 무의식적인 행동이며 신경통이나 관절염이 있는 노약자들에게 고층 아파트는 더욱 나쁘다.

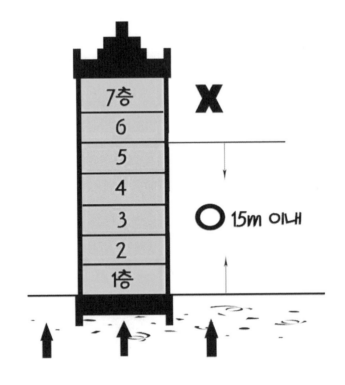

14 사무실(事務室) 풍수

여러 사람이 함께 근무하는 사무실에는 책상의 위치가 가장 중요한데 창문을 등지고 앉는 것은 절벽을 등지고 있는 것과 같아 좋지 못하고 출입문과 창문 사이에 있는 양쪽 벽을 서로 등지게 책상을 배치하는 것이 좋다.
응접세트를 책상 주변에 배치하면 손님이 책상을 올려다 보아 불쾌감을 느끼기 쉽기 때문에 응접세트는 별도의 장소에 낮은 테이블로 배치하는 것이 좋다.

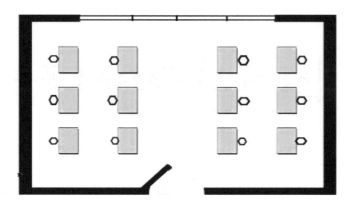

　회사의 사장은 회사 운영에 가장 중요한 역할을 하기 때문에 업무를 효율적으로 수행하기 위해서는 좋은 기운이 가장 많이 생성되는 곳에 사무실을 배치한다.

　회사의 터가 이상적일 경우에는 사장실을 2층, 3층에 두는 것이 좋으며 출입문과 책상이 같은 사택의 방위에 맞추어야 좋다

　업무용 건물에서 가로 세로의 길이가 2:1 미만인 경우에는 건물의 중심부에, 2:1 이상인 경우에는 건물 끝부분에 이로운 기운이 가장 많이 모인다.

　보통 통로가 중심에 있고 그 양쪽에 사무실이 있는 경우가 많은데 통로는 기운을 모으는 중요한 기능을 갖고

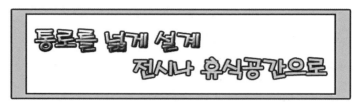

통로를 넓게 설계 전시나 휴식공간으로

있기 때문에 통로의 폭이 넓으면 건물 중앙에 기운이 모여 생기를 이루는 반면 폭이 좁으면 기운이 모아지지 않기 때문에 건물의 통로를 가능하면 넓게 설계하고 그 공간을 전시나 휴식의 공간으로 활용하는 것이 바람직 하다.

업무용 건물에서도 방위별 기운에 합당한 사무실 부서를 배치하여 회사 전체의 상생 기운을 높이는 동시에 부서간의 원활한 업무 협조가 이루어지도록 해야 한다.

북쪽 방위에는 연구부나 감사부를 배치하는 것이 좋고 동북쪽 방위에는 개발부나 경리부, 동쪽에는 총무부나 기획부, 남동쪽에는 영업부나 무역부, 남쪽에는 광고부 나 교육부, 서남쪽에는 노무부나 업무부, 서쪽에는 경리부나 영업부, 북서쪽에는 사장실이나 임원실을 배치 한다.

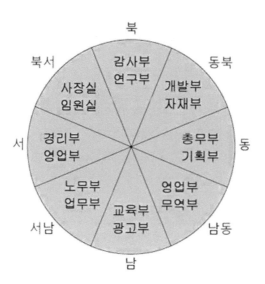

성적을 올리는 문창방

　문창성이라고 하는 별은 예술적 재능을 관장하고 학문에 재주를 주는 별로 출세 여부를 결정하기도 한다.

　자녀들의 성적이 쉽게 오르지 않으면 책상을 문창방 방위로 한번 옮겨 보는 것도 좋을 것 같다.

　만약 문창방위를 찾았지만 책상을 놓기가 어려운 경우에는 자신의 본명성을 참고로 생기(生氣), 복위(伏位), 연년(延年)의 방위에 책상을 놓아도 좋다.

● 공부방 입구에 따른 방위별 문창방

입구의 방위	문창의 방위
북쪽	남쪽
동북쪽	서쪽
동쪽	서남쪽
남동쪽	동쪽
남쪽	동북쪽
서남쪽	북쪽
서쪽	북서쪽
북서쪽	남동쪽

15 재물(財物) 풍수

대다수의 사람들은 건강을 뒤로하고 재물에 관심을 많이 갖는데 재물의 기운이 직접 영향을 미치는 곳은 주택이나 방의 중심에서 서쪽과 북쪽, 동북쪽 방위이니 이방위에 나쁜 기운을 발생시키는 공간이나 물건이 없어야 하고 재물운은 금전운과 깊은 관련이 있다.

재물운 서,북,동북쪽

금전운은 수확, 기쁨의 기운을 가지고 있는 서쪽 방위에서 발생되어 집의 중심점을 거쳐 어둡고 은밀한 기운이 있는 북쪽 방위에서 점점 불어나게 되고 다시 금전운을 재물운으로 바꾸어 주는 동북쪽 방위에서 결실을 맺는다.

노란색이나 황금색 계통은 금전운을 높여주는 색이기 때문에 옷을 입거나 음식을 먹을 때에도 염두에 두고 많이 활용을 하면 좋고 서쪽 방

위에 노란색의 꽃 화분을 놓아두거나 벽면에는 해바라기 사진이나 그림을 걸어 두면 금전운을 더욱 높일 수 있다. 그러나 서쪽 방위가 흉상이면 낭비가 많아져 돈이 모이지 않으니 벽면에 갈라진 곳은 없는지 창문이 너무 크거나 틈은 없는지 잘 살펴야 한다.

북쪽 방위에는 통장이나 인감도장, 귀금속, 집문서 등을 초록색 천에 잘 싸서 깊숙한 곳에 두어야 돈이 나가지 않고 모이는데 욕실이나 주방, 좁은 현관이 이 방위에 있다면 특별히 청결과 정돈에 유념해야 한다.

동북쪽 방위는 금전운을 재물로 바꾸어 차근차근 쌓이게 해주는 방위이니 욕심은 금물이고 또 성실하게 일을 하면 상속의 기운도 찾아오게 되니 알뜰하게 저축하고 낭비를 줄이는 것이 쌓인 재물을 지킬 수 있다.

특히 주방은 재물운과 저축운에 직결되기 때문에 항상 청결하게 하고 고장 난 곳이 있으면 즉시 수리를 해야 하며 수도꼭지와 가스레인지는 90cm 이상 떨어져 배치하는 것이 좋다.

수도 꼭지 ◀━ 90cm 이상 ━▶ 가스레인지

주택의 중심에서 북쪽 방위에 있는 주방은 주부가 냉정하게 되니 창문이 있으면 오렌지색으로 커튼을 하고, 동북쪽의 주방은 칼에 다칠 염려가 있으니 흰색 커튼을 하며 동쪽 주방은 길상이나 불필요한 쇼핑을 하는 경우가 많으니 푸른색이나 보라색으로 차광을 하여 주부가 차분해지게 해야 한다.

동남쪽 주방 역시 길상이며 가족의 건강운과 인연으로 맺어지는 재물운이 있으며 남쪽 주방은 귀금속 같은 곳에 투자하여 손해를 보게 되는데 초록색으로 차광을 하

북, 동북, 서쪽의 화장실은 흉함

면 좋고 서남쪽 주방은 집안에 활기가 부족하게 되니 황색으로 차광한다.

 그리고 서쪽의 주방은 낭비와 불륜을 막기 위하여 황색이나 베이지색 커튼을 하면 좋고 북서쪽 방위의 주방은 주부가 가정을 주도하게 되니 백색으로 인테리어 하는 것이 좋다.

 또 주택의 중심에서 서쪽, 북쪽, 동북쪽, 3곳 중 한 곳에 화장실이나 욕실이 있으면 재물운을 상쇄하게 되니 슬리퍼나 수건, 실내 장식에 적절한 색상을 선택하여 인테리어를 하고 특히 습기를 없애고 항상 건조함이 유지되도록 신경을 써야 한다.

 무엇보다 성실하게 일하며 불필요한 낭비를 줄이고 알뜰하게 저축하는 것만이 재물운을 높이는 첫걸음임을 항상 명심하여야 한다.

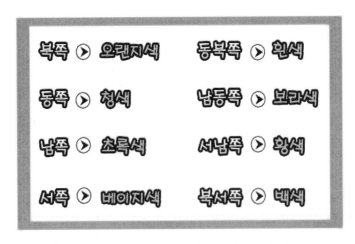

북쪽 ▶ 오렌지색   동북쪽 ▶ 흰색

동쪽 ▶ 청색   남동쪽 ▶ 보라색

남쪽 ▶ 초록색   서남쪽 ▶ 황색

서쪽 ▶ 베이지색   북서쪽 ▶ 백색

16 건강(建康) 풍수

"재물을 잃으면 조금 잃은 것이고 명예를 잃으면 많이 잃은 것이고 건강을 잃으면 모두 잃은 것"이라는 말이 있듯이 건강하지 않으면 무슨 일이든 할 수 없다는 뜻이다.

그러나 사람들은 명예와 재물을 향하여 자신의 건강과 의지에 상관하지 않고 쫓아가는 경우가 많은데 신체의 특정 부위가 아픈 경우에는 해당 방위의 나쁜 기운이 작용하지 않는지 살펴야 한다.

신축 주택은 고장이 나거나 벽에 갈라진 곳이 없어 안정되고 신선한 생기가 발생되나 새 벽지나 내장재에서 뿜어 나오는 나쁜 기운들을 입주하기 전에 제거 한다.

오래된 주택은 배수관이 막히고 수도꼭지나 조명등이 쉽게 고장(故障)이 나는 경우가 많은데 고장 난 곳에는 불결한 기운이 머물러 있으니 고쳐야 하며 또 조명등의 먼지는 자주 닦아 주어야 하고 스위치 뚜껑이 더러우면 분리하여 깨끗하게 세척 후 다시 부착 한다.

벽이 갈라진 곳으로 좋은 기운이 빠져 나가 버리기 때문에 발견 즉시 틈을 메워야 하며 벽면에 박혀 있는 필요 이상의 못들은 가능한 뽑아 가족 모두의 건강운을 높여야 한다.

주택의 중앙을 기준으로 하여 해당 방위에 결함이 있거나 해로운 기운이 발생하면 다음과 같은 질병이 발생하는 경우가 많다.

● 방위별 신체부위

- **북** : 신장, 생식기, 방광, 자궁, 귀, 빈혈, 습진, 월
  경통, 임신, 관련 질병이 해당하는 방위이다.
- **동북** : 다리, 허리, 척추, 관절, 맹장염, 요통, 중이
  염, 관련 질병이 해당하는 방위이다.
- **동** : 간장, 발, 인후, 신경통, 기관지, 천식.
- **남동** : 쓸개, 왼팔, 왼손, 식도, 둔부, 모발, 파상풍,
  중풍, 관련 질병이 해당하는 방위이다.
- **남** : 심장, 소장, 눈, 혈압, 신경, 화상, 두통, 편도
  선염, 방광, 관련 질병이 해당하는 방위이다.
- **서남** : 복부, 위, 오른쪽 팔이나 손, 근육, 식욕부
  진, 불면증, 황달, 피부병.
- **서** : 구강, 입, 치아, 호흡기, 폐결핵, 당뇨.
- **북서** : 머리, 늑막. 귀, 목, 대장, 동맥경화, 골절,
  여드름, 내출혈, 척추, 관련 질병이 해당.

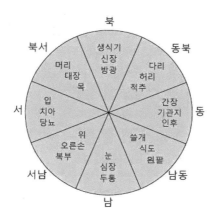

꽃병, 백자화분, 조화

꽃을 유리 꽃병에 꽂아 창가에 놓아두는 것은 꽃의 생기가 창밖의 활기를 불러들여 매우 좋으며 북족, 동북족, 북서족은 흰색의 꽃을, 동족, 남동족에는 청색의 꽃을, 남족, 서남족에는 붉은색의 꽃을, 서족에는 노란색의 꽃을 놓아두면 좋다.

향기가 있는 꽃을 흰색의 백자 화분에 심으면 향기의 기운을 한층 높아지게 하며 화분을 남동족 방위에 놓아두고 가까이에 조명등을 두면 더욱 좋다.

조화는 생화보다 관리하기가 수월하고 비용이 절감되며 생화를 놓아두기가 어려운 장소에도 쉽게 놓아둘 수 있는 좋은 점은 있으나 생화에 비하여 4분의 1정도의 기운만 발생하며 꽃송이가 크고 화려한 것이 좋은데 먼지가 쌓이면 오히려 해로운 기운으로 바뀌니 자주 청소를 하거나 다른 조화로 교환해 주어야 한다.

17 직업(職業) 풍수

 사람들은 수많은 직업을 가지고 각자가 맡은 부분에서 최선의 노력을 하면서 생활하지만 최후에는 성공하는 사람과 실패하는 사람으로 나누어진다.

 자신에게 이로움을 주는 방위에 침실이나 사업장 두면 승진과 출세의 도움을 받게 되고 또 업종마다 고유한 기운을 가지고 있기 때문에 기운을 상생시켜 주는 방위에서 근무나 영업을 한다면 사업이 번창되게 하는 기운이 더욱 왕성하게 발생한다.

● 방위별 좋은 직업

• **북** : 주류, 음료수, 생수, 생산 및 판매업, 주점, 병원, 수산업, 상하수도 공사업.

• **동북** : 부동산 중개업, 등산 용품점 및 산악인, 숙박업, 버스 터미널, 보험사, 하치장, 분양 및 임대업, 주차장, 기차 역무원, 요식업, 창고업.

• **동** : 전기나 전자제품 재조 판매업 및 관련 기술자, 청과나 야채가게, 수목원, 꽃집, 성악가, 가수, 컴퓨터 관련업, 음향관계 기술자.

• **남동** : 물류, 유통, 여행, 항공 및 비행기 관련업, 화장품점, 예식장, 가스 판매점, 가구점, 택배업, 우체국, 목재소, 제지업, 향수판매업, 무역업.

• **남** : 출판 및 인쇄업, 카메라나 안경 판매점, 시인, 서예, 화가, 소설가, 판, 검사, 신문 및 잡지사 기자, 극장, 흥행사무실, 박람회장, 연구소 직원, 배우, 연예인, 영화 및 TV 관련업 종사자, 미용실, 안과의사, 과학자, 발명가, 명품판매점.

이로운 방위
침실, 사업장 ➡ 출세, 승진

- **서남** : 산부인과 병원 및 의사, 산후 조리원 및 간호원, 유아원, 놀이방, 농부 및 농업 관련업, 골프장, 정미소, 곡물도매상, 택지분양 사무소, 간척지 사업, 부동산 거래 사무실, 토속 음식점.
- **서** : 치과병원, 가수, 작곡가, 탤런트, 변호사, 금융업, 증권업, 다방, 음식점, 오락실, 목욕탕, 은행, 전당포, 유흥업 종사자.
- **북서** : 최고 경영자 및 공공기관장, 정치가, 판사, 군인, 경찰관, 중역, 지배인, 교육업, 종교 사찰, 귀금속상, 제철관련업, 광공업. 차량기사, 정밀분야 기술자, 기계 제조업.

화분 받침대와 상자

화분 받침대는 나무로 높게 만든 것이 좋으며 그 위에 꽃이나 화분을 놓아두면 기운이 더욱 증폭되고 받침대를 방안에 두면 연애에 빠지기 쉽다.

화병에 꽃을 꽂아 올려두면 역시 연애운이 높아지며 흙이 담긴 화분을 올려 두는 것이 좋은데 흙의 기운을 받게 되면 꽃의 수명도 훨씬 길어지기 때문이다.

나무상자는 베란다나 벽면에 걸어두고 아래로 늘어지며 자라는 식물이나 꽃을 키우는데 이 역시 이로운 기운을 생성되게 하며 북쪽, 동쪽, 남동쪽에 걸어두면 좋고 수분과 영양관리를 철저하게 하여 시들거나 죽는 식물이 없도록 해야 한다.

18 학업(學業) 풍수

 학원 파파라치라는 신종 직업이 생길 정도로 자녀들의
과외공부에 신경을 쓰는 것은 좋은 성적으로 일류 대학
에 입학시켜 졸업 후 사회에 인정받는 성공한 사람으로
키우려는 부모들의 바람 때문이다.

 차분하고 지적인 기운을 발생시켜 학습에 도움을 주는
방위는 주택이나 방의 중심에서 북쪽방위이나 북쪽의
방은 내성적이고 활기가 부족한 아이들에게는 오히려

도움이 되지 않으니 자녀들의 성격과 성장에 따라 공부
방의 위치도 바꾸어 주어야 하며 공부방은 침실과 분리
하여 사용하는 것이 이상적이다.

 책상이나 의자는 나무로 만든 것이 좋으며 방문을 등
지고 앉으면 심리적으로 불안하여 집중력이 떨어지므로
최소한 책상의 좌우 한쪽 면이라도 방문과 나란하게 놓
아 방안으로 들어오는 사람을 쉽게 볼 수 있도록 해야
하거나 아니면 방문과 대각선상의 안쪽에 놓아 방문을
향하도록 하여 벽을 등지고 앉게 배치하는 것이 좋다.

 책은 쌓아두지 말고 차례로 책장에 가지런하게 꽂아
두어야 하며 원형의 시계를 동쪽 벽에 걸어두면 마음이
차분해지고 책상의 앞, 뒤에 슬로건이나 가훈이 붙어
있으면 오히려 심리적 부담을 주게 되는 경우가 있기

책상 나무로 된것 벽을 등지고

책 책 꽂이에

그림 오수에 배

조명등 책상의 서쪽에

거름 세로무늬

때문에 책상위에 수업 시간표 정도만 두는 것이 좋다.

공부방에는 창문이 있는 것은 좋으나 북쪽으로 나있는 창문은 좋지 않으며 창문이 없다면 책상의 서쪽에 조명등을 놓아두면 좋고 혹시 책상이 창문 아래에 있으면 나쁘고 문과 창문사이 기운이 흐르는 일직선상에 마주하고 놓는 것도 나쁘다.

커튼의 색깔은 방안 벽면과 같은 색 계통의 것으로 하며 진한 색 보다는 밝고 옅은 색이 좋으며 무늬가 있는 것이라면 세로무늬의 것이 좋고 그림이나 사진은 적당한 크기의 것으로 꽃이나 호수에 배가 떠 있는 것을 걸어 둔다.

공부방이 주택의 중심에서 북쪽에 있으면 침착하고 차분해져 열심히 공부하게 되고 동북쪽이 있으면 이해와 계산이 빠르고 사물의 이치나 도리를 분별하는 능력이 있어나 예민한 아이로 자라게 된다.

그리고 동쪽에 있으면 기운이 넘치는 건강한 아이가 되고 동남쪽에 있으면 매사 밝고 예쁘고 깔끔하며 단아한 성품으로 자라게 된다.

자녀들이 남쪽 방에서 공부를 하게 되면 창조성과 화려함을 겸비하게 되어 예술적 소질은 뛰어나게 되나 꿈을 높게 정하여 이루지 못하는 경우가 있으나 유년기에는 괜찮다.

남서쪽 방에서 공부하면 여자아이들은 여장부의 기질

이 강해지고 남자아이들은 꼼꼼해져 경리나 기획에 소
질을 나타낼 수 있다.

 서쪽 방은 외유 성향이 강해져 다니기를 좋아하고 감
상적이며 외로워하기도 하지만 아나운서나 개그맨과 같
이 말을 잘하게 된다.

 북서쪽 방을 아이들이 사용하면 조숙하게 자라 집안의
중심이 되려고 하며 독립심이 강해진다.

19 음식(飮食) 풍수

우리들은 보통 하루에 3번 식사를 하여 인체에 필요한 영양분과 곡기(穀氣)를 섭취하며 생명을 유지하는데 음식은 제일 먼저 눈으로 먹고 다음은 코로 먹으며 마지막에는 입으로 먹는다고 할 수 있다.

음식을 먹기도 전에 '야! 맛 있겠다' 라고 생각하는 것은 미각보다 먼저 시각과 후각이 음식에서 발생되는 좋은 기운을 받았기 때문이며 색깔과 향기 그리고 맛이 잘 어우러진 음식은 우리들에게 식욕을 생기게 하고 즐거운 마음으로 먹게 되니 건강에 도움을 준다.

그리고 영양가가 높고 맛있는 음식이라도 과식은 오히려 해로우니 평소에 적당하게 골고루 먹어야 한다.

● 음식의 상생 상극

비장(脾臟)은 토(土) / 노란색이며 단맛에 해당된다.
폐(肺)는 금(金) / 흰색이며 매운맛에 해당된다.
신장(腎臟)은 수(水) / 검은색이며 짠맛에 해당된다.
간장(肝臟)은 목(木) / 초록색이며 신맛에 해당된다.
심장(心臟)은 화(火) / 빨간색이며 쓴맛에 해당한다.

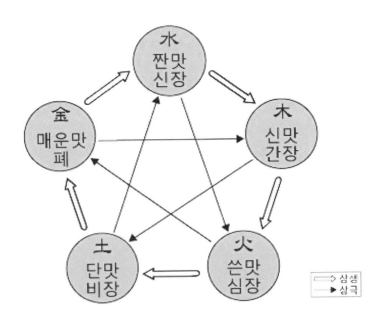

간장이 나쁘면 목(木)의 기운을 보완해 주는 수(水)에 해당하는 검은색의 음식과 짠맛의 음식을 적절하게 섭취하면 도움이 되나 흰색의 음식이나 매운맛의 음식은 나쁘다.

폐가 나쁘면 금(金)의 기운을 보완해주는 토(土)의 노란색 음식과 단맛의 음식은 이로우나 빨간색의 음식이나 쓴맛이 나는 음식은 해롭다.

또 비장에는 빨간색의 음식과 쓴맛이 좋으며 신장에는 흰색의 음식과 매운맛이 좋고 심장에는 녹색의 채소류나 신맛의 음식이 좋다.

주부들은 오색(五色)이 골고루 갖추어진 음식을 만들어 미각과 후각뿐 아니라 시각까지 충족시켜 가족 모두의 건강을 챙겨야 한다.

그리고 자신이 살고 있는 집에서 백리(40km) 이상 떨어진 곳에서 생산되는 곡식이나 채소는 자신이 가지고 있는 고유한 기운과 어긋나는 성질의 기운을 머금고 있기 때문에 가능하면 집 주변 가까운 곳에서 생산되는 재료들을 구입하여 음식을 만들어야 한다.

40Km 안에서 생산 되는 농산물
자신의 기운과 동일

그리고 계절에 따라 생산되는 무공해 농산물을 그때그
때 구입하여 먹는 것이 좋은데 간혹 특정 먹거리가 자
신의 기호에 맞는다고 또 가격이 싸다고 다량으로 구입
하여 냉장이나 냉동 보관 해 두었다 많히 먹는 경향이
있는데 이는 계절이 가지고 있는 특별한 기운을 놓치게
될 뿐만 아니라 편식으로 인하여 건강에도 나쁘다.

◎ 오행에 의한 음식과 맛

오행＼팔괘	진(震),손(巽)	이(離)	곤(坤),간(艮)	태(兌),건(乾)	감(坎)
자신의 오행	목(木)	화(火)	토(土)	금(金)	수(水)
해당 장기	간장(肝臟)	심장(心臟)	비장(脾臟)	폐(肺)	신장(腎臟)
본인 음식색	녹록	붉은색	황색	흰색	검은색
상생 음식색	검은색	녹색	붉은색	황색	흰색
상극 음식색	황색	흰색	검은색	녹색	황색
본인의 맛	신 맛	쓴 맛	단 맛	매운맛	짠 맛
상생의 맛	짠 맛	신 맛	쓴 맛	단 맛	매운맛
상극의 맛	매운맛	짠 맛	신 맛	쓴 맛	단 맛

| 오색으로 음식 요리 | ▶ | 눈, 코, 입으로 먹는다 | ▶ | 백리 안의 농산물 |

20 애정(愛情) 풍수

요즘 자녀들은 결혼에 무관심해지는 경향이 많아 결혼을 시키기도 힘들지만 네 쌍 가운데 한 쌍은 이혼을 한다는 통계를 보면 결혼 후 부부가 애정을 서로 변함없이 유지한다는 것은 더욱 힘든 일인 것 같다.

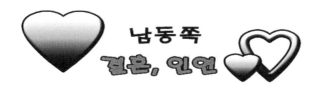

남동쪽
결혼, 인연

집의 중심에서 남동쪽은 인연의 방위이며 결혼과 만남의 기운이 작용하는 공간이니 결혼이 가까워진 자녀들이 이 방위의 방을 사용하면 좋은데 특히 딸에게 더욱 강한 기운이 작용한다.

평소 남동쪽 방위에 나쁜 기운이 발생하지 않게 관심을 기울여야 하고 또 결혼 후에는 부부가 서로 신뢰하고 위로하는 노력이 필요하며 인내심도 없이 한 순간을 극복하지 못하고 실망한다면 결코 부부간의 애정과 사랑은 주어지지 않는다.

부부간에 금전적인 문제로 불화가 잦은 때에는 침실 가운데에서 서쪽에 침대를 두고 머리를 남쪽으로 향하게 하며 이불은 노란색이나 핑크색, 베이지색 계통이 좋고 벽에는 서구의 거리 풍경 그림이나 사진을 걸어두며 화병에 노란색 꽃을 꽂아 두면 좋다.

남편에게 매력이 없거나 존경심이 작아지면 남쪽에 침대를 두고 머리를 동쪽으로 향하게 하며 중년 이후에는 머리를 서쪽에 두고 잠자리에 불만이 느껴지면 침대를 북쪽에 두고 머리를 동쪽으로 두며 중년 이후에는 머리를 서쪽으로 향하게 한다.

남편이나 아내들의 바람기는 사람에 따라 다르지만 결코 용납하는 부부들은 없으며 서로 상대방에게 의심이 가는 행동을 하였거나 사랑과 신뢰를 얻지 못 했을 때 생기기 쉽다.

그리고 잘못을 지나치게 추궁하면 오히려 상대방의 마음이 영영 돌아설 수 있으니 평소 소홀함이 없었는지 또 섭섭한 마음이 생기도록 하지는 않았는지 한 번쯤은 생각해 보아야 하고 부부에게 서로 근심과 걱정 있으면 함께 나누어 가져야 한다.

 가족들을 부양하기 위하여 종일 직장에서 일하고 지친 몸과 마음으로 돌아오는 남편이나 부인을 먼저 퇴근 한 사람이 웃음 띤 얼굴로 따뜻하게 맞아주는 것은 가족 전체의 화합에 밑거름이 될 것이다.

 그리고 정성들여 만든 음식을 함께 먹으며 그 날 생긴 일들을 서로 귀담아 들어주며 공감하고 이해한다면 엉뚱한 곳으로 쉽게 눈을 돌릴 부부들은 없을 것이다.

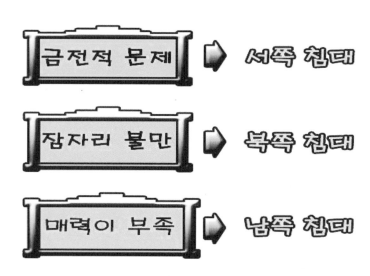

금전적 문제 ➡ 서쪽 침대

잠자리 불만 ➡ 북쪽 침대

매력이 부족 ➡ 남쪽 침대

첫 데이트에 성공하려면

사람이 살아가면서 가장 행복감을 느낄 때에는 사랑하는 사람이 가까이에 있을 때일 것이고, 또 사랑하는 사람과 만남이 있는 날에는 왠지 종일 기분이 좋아지며 데이트 장소와 옷차림 등에 많은 신경을 쓰게 된다.

첫 만남의 장소는 커피숍이나 카페 같은 실내 공간보다는 물과 바람이 보이며 자연의 기운을 느낄 수 있는 장소가 좋고 가을에는 낙엽 쌓인 산책로를 가볍게 걷는 것도 좋으며 분수대가 있는 곳이면 더욱 좋다.

처음 만나는 데이트 장소는 바닷가 레스토랑도 좋으며 서로를 조금 알게 되면 식사와 야경을 함께 즐길 수 있는 빌딩의 스카이라운지가 좋은데 야경이 두 사람 사이의 어색함을 해소 해 준다.

어색함이 없다면 오락장이나 영화관도 괜찮으나 영화관은 만남의 지속과 헤어짐을 결단하게 되는 경우가 많고 학 트인 공원은 데이트 하기에 적절하지 않다.

보통 처음 만나면 카페의 구석 자리에 앉는 경우가 많은데 이런 자리는 데이트 성공운이 떨어지니 가운데 근처의 자리가 좋고 출입구 근처 자리에는 앉지 말아야 한다.

혹시 야외나 집에서 좀 떨어진 곳으로 가려면 자신의 본명성 방위로 가는 것이 좋으며 특히 처음 만날 때 흉 방위로 가는 것은 나쁜 영향을 미치게 된다.

21 빛(光) 풍수

빛은 우리들의 활동을 은연중에 제한시키기도 하고 왕성하게도 하는데 색의 기운도 함께 내포하고 있어 두 가지 기운을 동시에 전달한다.

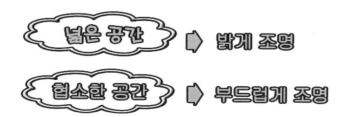

넓은 공간 ▶ 밝게 조명

협소한 공간 ▶ 부드럽게 조명

조명등이나 거울 그리고 수정 구슬은 빛을 반사시키거나 굴절 또는 증폭시켜 풍수적으로 발생하는 나쁜 기운들을 좋은 기운으로 바꾸어 주는 좋은 소품들이다.

특히 조명등은 빛의 강약 조절과 색이나 위치를 바꾸기가 쉬워 주택이나 사무실에 다양하게 활용 할 수 있는데 햇볕과 같은 강한 기운이 발생하는 조명은 활기를 불어넣고 기운을 상승시키기 때문에 가능하면 밝아야 한다.

주택의 실내 공간이 넓은 경우에는 조명을 밝게 하고 공간이 협소한 경우에는 부드럽고 은은한 조명으로 분위기를 돋보이게 하여 착각이 일어나게 한다.

또 색은 유효적절하게 선택하여야 하는데 여름에는 백색 빛의 조명으로 시원하고 상쾌한 느낌이 들게 하고 겨울에는 황색 빛으로 따뜻하고 온화함을 느끼게 해야 하며 남색이나 녹색 빛은 사람의 마음을 안정되게 하는 효과가 있다.

주택의 지면이 도로 보다 낮으면 거주자의 사업이나 결혼 그리고 건강에 해를 끼치는데 이럴 경우에는 조명

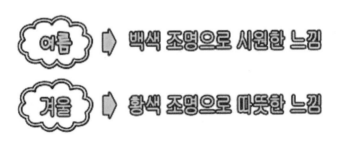

여름 ➡ 백색 조명으로 시원한 느낌

겨울 ➡ 황색 조명으로 따뜻한 느낌

등을 건물 뒤편 지면이나 기둥에 설치하여 주택의 가장 높은 곳을 비추어 주면 나쁜 기운이 집안으로 들어오는 것을 막아 준다.

또 집 앞에 바로 경사면이 있는 경우에는 언덕 아래 조명등을 설치하여 주변을 밝혀주면 빠져나가는 기운과 재물운을 막을 수 있다.

그리고 지붕의 네 귀퉁이에 조명등을 설치하여 건물 위쪽의 한 지점에 빛이 모이게 비추어 주면 주택이나 사무실의 기운을 상승시켜 사업이 번창하게 되고 승진운을 높여 주며 나쁜 기운이 모이는 부정형 주택의 구석진 공간에는 조명등을 설치하거나 빛을 비추어 기운을 보충 해 준다.

거울은 주택이나 사무실에서 발생하는 해로운 기운을 이로운 기운으로 바꾸어 주며 또 불안정한 형태

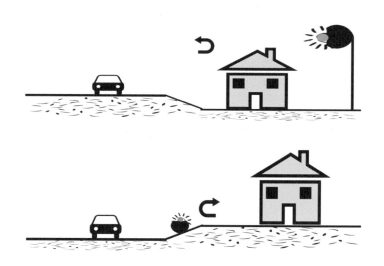

의 공간에서 발생하는 나쁜 기운들을 균형 있게 잡아
주지만 지나치게 크거나 개수가 많으면 오히려 나쁜 기
운을 발생시키기 때문에 사용에 주의해야 한다.

또 건물의 외벽에 설치하여 다른 건물로부터 발생되어
나오는 흉한 기운들을 직접 반사시키거나 완화시키는
역할을 하기 때문에 건물의 외부 마감제로 많이 사용되
기도 한다.

수정 구슬을 햇빛이 잘 드는 곳에 두면 빛이 구슬을
통과하면서 굴절현상이 일어나는데 빛을 무지개 색으로
변화시켜 생명력이 없는 공간에 생기를 불어 넣어주기
도 하고 기운이 강하고 위협적인 곳에 두면 부드럽고
이로움을 주는 기운으로 바꾸어 준다.

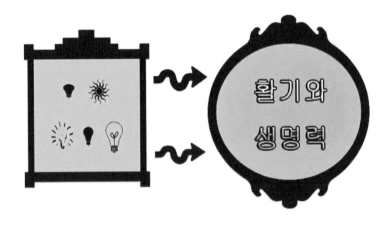

22 소리(音) 풍수

소리는 사람의 의사를 정확하게 상대방에게 전달하는데 없어서는 안 되는 것이며 그 기운은 우리들에게 직접적이고도 아주 빠르게 전달되는데 칭찬을 받거나 명랑하고 밝은 소리를 들으면 얼굴이 환하게 밝아지며 마음까지도 평온해지지만 화난 소리나 욕하는 소리를 듣

게 되면 얼굴이 금방 어두워지고 마음이 불안해지며 심지어 행동까지도 변하게 된다.

또 상대방의 목소리만 들어도 기분이 좋은 지 나쁜지를 성격이나 나이가 몇 살 정도인지를 짐작 할 수 있는 것은 소리가 전달해 주는 독특한 기운 때문이다.

음악이나 새소리, 바람소리, 물이 흐르는 소리 등 자연에서 나는 소리는 대부분 좋은 기운을 발생하기도 하지만 잠을 자고 있을 때에는 오히려 나쁜 기운이 작용할 때도 있으니 장소와 분위기에 따라 적절하게 이용하여야 한다.

산만하고 집중력이 떨어지는 성격에는 잔잔하고 차분한 음악을 조용하게 들으며 마음을 안정시키고 반대로 활기가 부족하고 차분 성격을 가지고 있으면 조금 빠르고 리듬감이 있는 음악을 들으면 자신도 모르는 사이에 활동적인 성격으로 바뀌어 진다.

현관 입구에서 나는 맑은 풍경 소리는 우리들의 마음을 가다듬게 하고 활동적인 기운을 발생되게 하며 각종 상점이나 판매장에서는 적절한 음악으로 손님들의 구매욕구를 자극하면 매출이 훨씬 높아질 것이다.

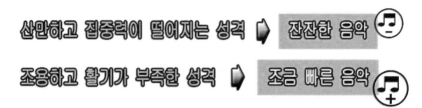

산만하고 집중력이 떨어지는 성격 ▷ 잔잔한 음악 ♪

조용하고 활기가 부족한 성격 ▷ 조금 빠른 음악 ♫

그리고 귀가 없는 식물이나 사고력이 부족한 동물에게
도 시끄러운 음악보다는 조용하고 정서적인 음악을 틀
어 주면 성장 속도가 빠르고 병충해나 질병에 강해지는
이유는 음악 소리에서 전해지는 좋은 기운들이 면역력
을 높여주기 때문이다.

● 소리의 상생 상극

소리오행에서는 ㄱ,ㅋ은 목(木)에 해당하고, ㄴ,ㄷ,ㄹ,
ㅌ은 화(火)에 해당되며 ㅇ,ㅎ은 토(土)에, ㅅ,ㅈ,ㅊ은
(金)에, ㅁ,ㅂ,ㅍ은 수(水)에 해당되는데 아래의 그림과
같이 서로 상생 상극의 작용을 하여 기의 균형이 이루
어지도록 하며 또 소리오행은 작명을 할 때 수리오행
과 함께 사용된다.

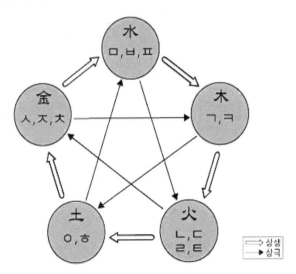

좋은 기운이 생성되는 피라미드

대 피라미드는 4천 6백여 년 전에 세워진 지구에서 가장 큰 건축물로, 밑면적이 5헥타르나 되고 25톤이나 되는 석회암 돌덩어리 230만 개를 45층 높이로 쌓은 파라오 쿠프의 무덤이다.

당시에는 정확한 측량 기구도 없었는데 가로세로 230미터나 되는 밑변의 길이가 어떻게 서로 0.1%의 오차도 없고, 또 정확하게 동, 서, 남, 북의 정 방향으로 향하게 축조(築造)되었는지 피라미드의 건축기술에는 많은 의문과 비밀이 숨어 있다.

피라미드의 내부 공간 속에서 장시간 생활하면 생체 기운이 활성되며, 인체의 대부분을 차지하고 있는 물의 분자 구조가 6각의 형태로 바뀌어 각종 질병에 대한 면역력이 높아지고 치료와 회복이 빨라진다.

또 식물의 씨앗을 7일 정도 두었다가 파종(播種)을 하면 병충해에 대한 내성이 생기고, 식물의 생장이 촉진돼 발육이 좋아지며 수확량이 약 15배 정도 늘어나게 된다.

피라미드 물을 만들어 마시면 체질이 개선되고, 머리를 감으면 머리카락이 부드럽고 매끈해진다.

피라미드에서 발생하는 기운은 유익한 기운은 더욱 증폭시키고 해로운 에너지인 수맥파, 전자파, 지전류파 등은 자연 소멸시키는 좋은 특성이 있기 때문에 피라미드 내부는 명당이라 할 수 있다.

● 피라미드 만드는 공식

밑변의 길이 = 높이 × 1.5708 / 빗변의 길이 = 높이 × 1.4946

23 향기(香氣) 풍수

후각을 통하여 느끼는 냄새의 기운은 직접적으로 행동으로 옮겨지기 때문에 우리들의 생활과 보다 밀접하고 깊은 관계를 맺고 있다.

같은 향기라도 사람에 따라 조금씩 다른 기운을 받을 수 있겠지만 와인이나 좋은 음식에서 나오는 향기는 식

욕을 생기게 하고 친근감이 일어나게 하는 기운이 발생된다.

오염물질에서 배출되는 냄새를 맡으면 코를 막거나 역겨워 하며 가까이 가려고 하지 않는 것은 해로운 기운이 우리에게 전달되기 때문인데 그런 장소에서 장시간 견딘다는 것은 매우 힘들고 어려운 일이다.

양귀비나 클레오파트라 같은 미인은 얼굴도 물론 예쁘지만 사향노루의 생식기 선낭 속에 들어 있는 분비물로 만든 사향(麝香)이라는 향수를 즐겨 사용하여 남성들의 성적인 충동을 자극하였다고 한다.

특히 탁한 냄새가 많이 발생하는 화장실은 청결이 중요하지만, 향기가 강한 인공적인 향기를 뿌리거나 배치를 하는 것보다는 천연향이 나는 허브 계통의 식물화분을 두는 것이 좋다.

그리고 실내에는 필요에 따라 촛불처럼 켜 두는 향을 피워도 좋고 부엌이나 노인들이 사용하는 방에는 향기

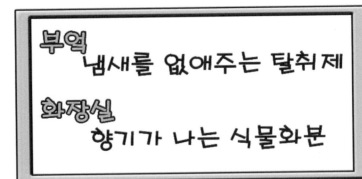

부엌
냄새를 없애주는 탈취제
화장실
향기가 나는 식물화분

보다는 냄새를 없애주는 탈취제를 사용하는 것이 좋은 데 이것도 숯과 같이 자연 친화적인 것이 인체에도 무해 하니 좋다.

인위적으로 향기를 사용해야 할 경우 주택에는 모과, 아카시아, 유자향이 좋으며 일반 사무실에는 오렌지, 라일락, 레몬향이 좋고 은행이나 증권회사는 모과, 라일락, 라벤더향이 좋다.

여행항공사는 바나나, 딸기향이 좋고 숙박업소에는 라일락, 재스민, 아카시아향이, 예식장에는 후리지아, 올리브, 샤넬향이, 극장이나 공연장에는 모과, 올리브, 아카시아향이 좋다.

그리고 화랑(花郞)에는 라벤더, 재스민, 모과향이 좋으며 병원에는 라벤더, 라일락, 모과향이 좋고 화장실에는 솔잎, 아카시아, 탱자향을 사용하는 것이 좋다.

녹색 잎이 있는 화분

화분은 풍수상의 나쁜 기운을 없애주고 막아주는 아주 좋은 소품으로 대부분의 가정에는 한두 개의 화분을 가지고 있을 것이다.

집안에 여러 개를 두어도 흉한 기운이 발생하지 않으며 특히 녹색의 작은 잎만이 있는 화분은 기운이 약하고 부족한 집에서는 기운을 높여 주고 보충해 주어 반드시 필요하니 꼭 배치해 두는 것이 좋다.

가장의 키보다 크거나 무겁고 큰 화분은 오히려 해로우니 작은 화분을 여러 개 놓아두는 것이 바람직하고 모든 일이 잘되기를 바라면 책상의 오른쪽에 놓아두고 미혼 여성에게는 꽃 그림이 그려진 화분도 좋지만 녹색 잎이 있는 화분을 방의 서남쪽 방위에 놓아두는 것이 더 좋다.

24 색(色) 풍수

색은 의식적이든 무의식적이든 눈을 통하여 자연스럽
게 보게 되기 때문에 우리들의 생활에 잠재적으로 영향
을 미치게 되는데, 색은 기분을 좋아지게 하고 정신을
맑게 한다.

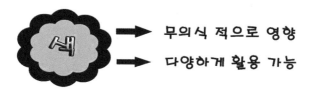

색 → 무의식 적으로 영향
색 → 다양하게 활용 가능

또 집중력을 높여 주기도 하지만 정반대의 역할을 하는 색도 있기 때문에 내면적인 건강과 밀접한 관계가 있다.

여성들이 남성들보다 화사하고 밝은 색깔의 옷을 즐겨 입는 이유는 풍수에 음, 양중 음에 속하는 여성들이 양의 기운이 강한 밝고 화사한 색깔을 통해 부족한 양의 기운을 보충하여 음양의 균형을 맞추려는 자연적인 이치이다.

자신에게 이로움을 주는 색을 일상생활 여러 곳에 활용하면 잠재적인 의식에 생기를 더하게 되고 운세를 강화시켜 매사에 의욕이 넘치게 하니 성공의 기회를 높여 주고 활기찬 삶을 살게 되지만 상극이 되는 색을 사용하게 되면 해로운 기운이 작용하여 자신감을 잃게 되고 운세에도 나쁜 영향이 미치게 된다.

가정에서는 옷, 신발, 가방, 이불, 벽지, 장판, 타일, 자동차, 지붕의 색, 커튼의 색, 가구의 색, 액세서리 등에 이용하고, 회사에서는 상품의 색깔 및 포장지의 색, 제복, 간판, 명함, 실내 벽, 소파, 건물의 외벽 등에 이용하면 된다.

◎ 팔괘에 의한 색상

• 상생(相生)

목(청, 녹색)나무 → 화(적색)불 → 토(황색)흙 → 금(백색)쇠→ 수(흑색)물은 다시 목을 이롭게 한다.

• 상극(相剋)

수(흑색)물 → 화(적색)불 → 금(백색)쇠 → 목(청, 녹색)나무→ 토(황색)흙은 다시 수를 해롭게 한다.

팔괘 방위 오행	진(震)	손(巽)	이(離)	곤(坤)	태(兌)	건(乾)	감(坎)	간(艮)
	동	남동	남	서남	서	북서	북	동북
오 행	목(木)	목(木)	화(火)	토(土)	금(金)	금(金)	수(水)	토(土)
자신의 색	녹색 청색	녹색 청색	적색	황색	백색	백색	흑색	황색
상생의 색	흑색	흑색	녹색 청색	적색	황색	황색	백색	적색
상극의 색	백색	백색	흑색	녹색 청색	적색	적색	황색	녹색 청색

● 색깔별 특성

• **노란색** : 재물운을 높여주고 권력을 상징하며 즐겁게 하는 느낌을 주나 초보라는 뜻을 담고 있다.

• **분홍색** : 마음을 밝게 하고 사랑, 낭만, 순수한 감정 을 의미하며 연애운에 효과가 있다.

• **주황색** : 행복과 권력의 의미를 담고 있으며 쉽게 친 근감이 가지 않는 색이다.

• **빨간색** : 유행과 정보에 민감하고 마음을 흥분되게 하며 자기주장이 강하게 되는데 지나치게 많이 사용하면 분쟁이 발생 할 소지가 있다.

- **핑크색** : 만물의 결실을 맺게 하는 색으로 외롭거나 인연을 맺고 싶어 하는 사람에게 좋음.
- **자주색** : 우아하고 신비롭고 고귀한 의미를 함유하고 있어 흔히 사용하기가 어렵다.
- **파란색** : 마음을 동화시키고 맑고 발랄함을 주는 젊은색으로 초조함을 없게 하나 우울함을 포함 하고 있다.
- **연두색** : 직감력과 인간관계를 향상시키고 신선함과 희망의 기운을 준다.
- **초록색** : 안정과 건강에 도움을 주고 사람과 잘 어울리며 마음을 침착하게 하나 질투의 의미를 가지고 있다.
- **베이지색** : 심리적 안정을 주고 어디에도 잘 어울리는 만능 색이며 연상의 연인을 만날 때 이용 하면 좋다.
- **갈색** : 안정감이 필요하거나 정년 후 조용하게 보내는 사람이나 독립을 하려는 사람에게 좋다.
- **검정색** : 본성을 감추고 신분을 높게 보이게 하나 활기가 부족하고 우울하게 한다.
- **회색** : 경계가 모호하여 자기주장도 분명하지 않으나 균형을 잡아주는 색이다.
- **흰색** : 솔직하게 자신을 나타내며 확고한 의지와 목표를 가진 사람에게는 좋은 색이다.

◎ 집안의 색

● 현관

현관에 적합한 색은 밝고 옅은 색이며 전체적으로 밝은 분위기의 현관은 일을 마치고 집에 돌아오는 가족들에게 긍정적인 영향을 미치고 좋은 기운을 다시 충전할 수 있도록 온화하고 쾌적하게 꾸며야 한다.

파란색, 초록색, 분홍빛이 옅게 감도는 흰색에 가까운 밝은 색깔이 현관에 가장 적절한 색이며 이러한 색들은 기쁘게 맞이하고 정성껏 대접하는 환대와 희망을 상징하는 색깔로서 가정에 평온함을 가져온다.

현관이 협소하여 답답하거나 햇빛이 들어오지 않으면 어두운 색깔은 더욱 피하는 것이 좋고 적당한 밝기의 조명으로 환하게 한다.

● 침실

침실에 적합한 색은 분홍색이며 분홍색은 길운을 상징하고 핑크빛 사랑이라는 말이 있듯이 사랑을 의미하기도 한다.

희망과 발전을 상징하는 옅은 초록색과 청색 역시 침실에 어울리는 색이며 분홍색 침대 커버와 요는 결혼을 바라는 사람이나 결혼 생활에 축복이 깃들이기를 바라

는 신혼부부에게 어울리는 색이고 또 청색이나 초록색
은 젊은 부부들에게 자기 계발을 촉진시킨다.

● 주방

가족들이 주로 식사하는 주방은 식욕을 돋을 수 있는
빛깔로 꾸며야 하며 밝고 연한 초록색, 파란색, 흰색이
이 조건에 가장 부합되는 색이다.

흰색은 아무것도 채워지지 않은 것과 같아서 빨간 토
마토, 후추, 노란 호박 등으로 만든 음식의 색을 더욱
돋보이게 한다.

또 순수와 청결을 의미하는 흰색은 수(水)의 기운을
가지고 있어 불을 많이 사용하는 주방의 화(火)기운을
줄여 주어 균형을 이루게 한다.

검은색은 화(火)의 기운을 억압하기 때문에 피하는 것
이 좋으며 음식의 맛도 떨어지게 만들고 또한 빨간색은
주부의 마음을 조급하게 하고 화(火)의 기운을 머금고
있어 주방에 기운을 더욱 강하게 만들기 때문에 피하는
색이다.

● 거실

손님을 맞이하는 첫 번째 공간인 거실은 활기찬 분위기와 다양한 대화를 위해 시각적인 자극을 충분히 활용해야 한다.

거실에 어울리는 색은 주택의 중심을 의미하는 노란색, 베이지색, 황갈색, 또는 초록색, 파란색이 좋으며 각각의 색 모두 짙은 원색 보다는 밝고 연한 계통이 좋다.

● 노인방

젊은 사람이 사용하는 방과 달리 노인들의 방은 나이 그 자체가 늙어 보인다는 선입감이 들기 때문에 우중충한 색을 제외하고 수수하면서도 밝고 옅은 색이 좋으며 노란색은 노인들에게 적합한 대표적인 색이다.

● 자녀들의 방

색은 자녀들의 성격 형성에 중요한 역할을 하는데 지식을 상징하는 파란색, 초록색은 자녀가 공부에 열중할 수 있도록 도와주는데 밝고 옅은 색이 좋다.

거칠고 다루기 힘든 아이의 경우에는 침실이나 책상, 장롱 등의 가구와 벽지를 엄숙하고 진지한 느낌이 나도록 흰색과 검은색, 갈색으로 장식한다.

● 서재(書齋)

서재나 공부방 역시 조용하고 명상적인 분위기를 유지하는 것이 중요하다.

서재에 적합한 색은 그 방을 사용하는 사람에게 좋아하는 책의 종류에 따라 달라지는데 깊이 있는 책을 좋아 한다면 갈색이 적당하고 평범한 책을 좋아한다면 엷은 파란색이나 밝은 초록색 또는 분홍색이 어울린다.

● 화장실

화장실은 습하고 탁한 기운이 많이 발생하는 곳이므로 검은색이나 짙은 색은 피하는 것이 좋다.

밝고 환한 색상을 선택하되 분홍색, 파스텔색, 회색, 백색이 무난한 색이다.

거실
엷은 노란색

자녀방
엷은 청색

서재
연한 갈색

화장실
밝은 회색

25 숫자(數) 풍수

숫자는 우리 생활에서 없어서는 안 되는 것이지만 직접적인 길, 흉이 느껴지지 않는다고 별다른 관심(關心)을 보이지 않고 무심하게 여기는 경우가 많다.

태어나는 순간부터 평생 바꾸지 못하는 생년월일과 출생신고와 동시에 부여되는 주민등록 번호 그리고 하루의 일과도 시간이라는 숫자에 따라 시작이 되고 끝이 나게 된다.

또 재물운과 관련이 많은 통장의 계좌번호나 비밀번호, 신용카드 번호, 그리고 사고의 기운을 항상 지니고 다니는 자동차의 번호, 대인 관계와 사업의 번창과 실패와 직결되는 전화번호 또 사무실의 컴퓨터나 인터넷 화면에서도 비밀번호를 입력 해야만 업무를 보거나 물건 구매 등 필요한 일을 할 수 있을 만큼 숫자는 많은 부분에서 알게 모르게 우리들과 아주 밀접한 관계를 가지고 있다.

숫자에도 음과 양, 오행의 기운을 가지고 있는데 홀수인 양의 숫자는 하늘을 의미하고 짝수인 음의 숫자는 땅을 의미하며 1에서 5까지의 숫자는 만물의 생(生)을 나타내고 6에서 10까지의 숫자는 수의 성(成)을 상징하며 오행에서 3과 8은 목(木)에, 2와 7은 화(火)에, 5와 0은 토(土)에, 4와 9는 금(金)에, 1과 6은 수(水)에 해당한다.

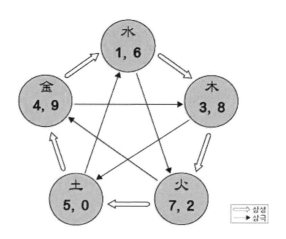

풍수에서 이로운 기운을 받으려면 어렵고 막연한 것이라고 생각하는 경우가 있는데 이는 잘못된 생각이니 지금이라도 컴퓨터와 인터넷에 사용되는 비밀번호나 현관 출입문의 비밀번호 등을 자신에게 상생(相生)이 되는 숫자들로 그리고 음과 양, 홀수와 짝수가 적절하게 배합이 된 번호로 바꾸는 것은 결코 어려운 일이 아닐 것이다.

바꾸기 쉬운 번호부터 하나하나씩 바꾸어 생활에 활기를 불어넣고 행복하고 풍요로운 자신만의 삶에 한 걸음 더 가까이 다가갈 수 있기를 바라며 이 책을 다 읽은 후에는 주변의 모든 숫자가 자신에게 이로움을 주는 숫자들로 가득 채워져 있기를 기대해 본다.

● 오행의 의한 숫자

오 행 \ 팔 괘	진(震),손(巽)	이(離)	곤(坤),간(艮)	태(兌),건(乾)	감(坎)
자신의 오행	목(木)	화(火)	토(土)	금(金)	수(水)
자신의 양의 숫자	3	7	5	9	1
자신의 음의 숫자	8	2	0	4	6
상생의 수	1, 6	3, 8	2, 7	5, 0	4, 9
상극의 수	4, 9	1, 6	3, 8	2, 7	5, 0

연애운을 높여주는 음식

연애에 기운을 높여 주는 음식은 오행 중에 수(水)의 기운을 많이 함유한 음식으로 우유, 두부, 검은깨 등 검거나 흰 색의 재료로 만든 음식이다. 수분은 더울 때 갈증을 풀어 주기도 하지만 연인과 만날 때 쉽게 목이 타는 현상도 막아 준다.

데이트 중에 술을 마시는 경우가 있는데 술에는 수(水) 기운도 있지만, 화(火)의 기운도 함께 가지고 있으니 항상 염두에 두어야 하며 부득하게 마실 경우에는 소량만 마신다.

차는 커피보다 허브나 과일 차, 홍차 등이 좋으며 홍차는 애정운을 높여 주는 우유와 함께 마시면 좋고 와인이나 포도주는 즐거운 일이 있을 때 마시면 좋으나 두 사람 사이가 좋지 않을 때 마시면 오히려 역효과가 난다.

아이스크림이나 빙과류는 연애운을 높여주나 저녁에는 먹지 말고 오전이나 낮 시간에 먹는 것이 좋고 사과나 귤 등 과즙으로 만들어진 것이면 더욱 좋다.

과일은 오행 중 토(土)의 기운을 가지고 있어 사랑이 쉽게 흔들리지 않게 하여 결혼운을 높여 준다. 오전에 싱싱한 것을 먹는 것이 좋으며 콩으로 만든 두부나 두유도 연애운을 높여 주는 음식이나 가장 좋은 음식은 면 종류로 면발이 길고 향기가 있는 것이 좋다.

좋다고 같은 음식을 계속 먹는 것은 오히려 좋지 않으니 주 2~3회 정도가 적당하다.

26 꽃(花) 풍수

꽃을 싫어하는 사람이 없는 이유는 꽃에는 향기와 색의 기운이 함께 발생하는데 꽃의 아름다움과 생명력 그리고 싱그러운 기운이 전달되기 때문이다.

꽃은 장소에 상관없이 부적합 공간이나 환경에서 뿜어 나오는 나쁜 기운들을 쉽게 개선하고 좋은 기운을 보충해 주는 데에 이용하기 가장 좋으며 현관문 좌우나 신발장 위에 화분을 두고 가장의 기운을 상승시킨다.

나쁜 기운이 발생하는 화장실이나 구석진 공간에도 화분을 놓아두어 불결한 기운을 흡수시키고 거실이나 식탁 등 식구들이 많이 모이는 곳에 두면 가족 서로간의 이해심이 많아져 화목해 질 것이다.

노약자나 어린아이들이 있는 집에는 키가 크거나 잎이 무성한 관엽식물은 나쁘며 좁은 공간에 관엽식물이나 꽃 화분을 많이 두면 오히려 해로우니 주의하여야 하며 병든 것이나 시든 것은 즉시 치우거나 다른 것으로 교체해야 한다.

또 관리가 힘들거나 빛이 들지 않는 곳에는 생화보다는 기운이 떨어지지만 조화를 장식하여도 무방하며 다소 어두운 실내에는 꽃의 색이 밝고 꽃망울이 큰 양의 꽃을 반대인 경우에는 꽃의 색이 어두우며 꽃망울이 작은 음의 꽃으로 장식하여 음양의 균형을 맞추어 준다.

그리고 많은 사람들이 모이는 장소에 여러 송이의 꽃으로 장식을 하는 경우에는 사람마다 전달 받는 기운이

노약자, 어린이
　　키가 크고 잎이 무성하면 해로움

좁은 공간
　　꽃 화분이 많으면 해로움

제 각기 다르기 때문에 여러 가지 색의 꽃으로 꾸미는 것이 좋다.

 북쪽에는 엷은 분홍색의 꽃을 꽃병 위로 높이 꽂아 장식하고 동북쪽에는 잎이 큰 흰색의 꽃을 옆으로 넓게 장식하며 동쪽에는 붉은색의 꽃을 아래는 넓고 위쪽이 좁은 삼각형으로 장식한다.

 또 중앙에 두는 꽃은 자주색이나 노란색의 꽃으로 장식하고, 남동쪽에는 따뜻하고 선명한 색상의 양(陽)의 꽃을 모아서 장식하며 남쪽에는 찬 느낌이 나는 색의 음(陰)의 꽃을 두 송이씩 장식한다.

 그리고 서남쪽에는 노란색의 꽃을 다발 형식으로 낮게 장식하고 서쪽에는 노란색이나 황금색의 양(陽)의 꽃을 낮고 넓게 장식하며 북서쪽에는 흰색의 둥근 꽃을 부채 모양으로 장식하면 건강에 좋고 활기와 생기를 얻으려면 동백꽃으로 장식하면 된다.

 창문과 출입문의 위치가 나란하여 공기가 마치 터널을

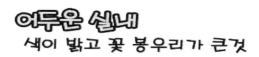
어두운 실내
색이 밝고 꽃 봉우리가 큰것

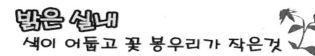
밝은 실내
색이 어둡고 꽃 봉우리가 작은것

통과하듯이 기운의 흐름이 빠른 장소에는 그 사이에 적당한 크기의 관엽식물을 배치하여 기운의 흐름을 완만하게 하면 좋다.

- **국화** : 고혈압, 두통, 관절염, 어지럼증, 눈의 충혈을 완화시켜 준다.
- **장미** : 향기는 신장을 강하게 하고 기분을 유쾌하게 하여 피로 해소에 도움이 된다.
- **백합** : 당뇨병, 목이 마르고 몸이 나른해지는 증상을 완화시켜 준다.
- **해바라기** : 씨앗은 동맥경화에 좋고 양의 기운이 발생하여 활력과 생기를 불어 넣어준다.
- **봉선화** : 풍증, 설사, 해독작용을 하며 흰색은 기침, 노란색은 위장을 강하게 해 준다.
- **도라지** : 기관지에 좋으며 청자색은 기침이나 목의

염증에 더욱 좋다.

- **물망초** : 간에 좋으며 자율신경, 어지럼증을 개선한
  다.
- **재스민** : 기관지염, 호흡기 질환, 신경성 위염, 위가
  약하거나 마음이 불안한 사람에 좋음.
- **라벤더** : 긴장이나 스트레스, 두통, 신경안정에 효과
  가 있다.
- **벚꽃** : 천식이나 설사를 멎게 하고 열을 내리며 숙
  취에도 좋다.
- **복숭아꽃** : 긴장과 스트레스 해소나 마음이 불안할
  때 그리고 다이어트나 탈모증에도 좋음.
- **살구꽃** : 산후조리, 간질, 여드름, 기미에 효과가 있
  음.

색과 향수 동시

질병 치료 효과

기운의 흐름 조절

수험생에게 이로운 기운을 주는 방법

수능시험을 앞둔 자녀가 있는 집에서는 가족들의 모든 일이 수능생에게 맞추어져 이루어지는데, 물론 자녀가 공부를 잘하여 원하는 대학에 합격할 수도 있겠지만 여기서는 인문계와 이공계를 나누어 좋은 기운이 수험생에게 직접 생성되게 하는 방법을 적는다.

시험 당일에는 아침 식사를 부드럽고 간단하게 하고 시험장으로 가는 것이 굶고 나가는 것보다 훨씬 좋다.

● 인문계

동쪽 방위의 기운을 평소 많이 받기 위하여 책상을 방 중심에서 동쪽에 배치하고 책상 위에는 붉은색의 갓스탠드를 올려놓으며, 침대는 남쪽 방위에 놓고, 식사는 될 수 있으면 육식을 피하고 생선과 같은 담백한 것을 먹도록 한다.

시험장에 갈 때에는 빨간색의 볼펜이나 필기구를 가지고 들어가 책상 왼쪽에 위에 놓아두고 답안지를 작성하며 또 빨간색의 손수건을 별도로 한 장 준비하여 가지고 가는 것도 좋다.

● 이공계

남쪽 방위의 기운을 많이 받기 위하여 책상을 방 가운데에서 남쪽에 배치하며, 침대는 북쪽 방위에 배치하고 머리는 동쪽으로 향하게 하여 잠을 잔다.

식사는 인문계와 같이 생선과 야채류를 주로 먹고 시험 당일에는 역시 빨간색이 나오는 필기구를 시험장 가져가 책상 왼쪽에 올려 두고 흰색의 손수건을 한 장 가져가 시험을 치른다.

27 조경(造景) 풍수

집안에 심은 정원수의 키가 너무 커 지붕을 덮고 있거나 너무 많으며 채광과 통풍에 방해가 되고 또 나무의 뿌리가 집터의 수분과 생기를 흡수하여 화초까지 자라기 어려운 척박한 땅으로 변하게 된다.

기름지지 못하고 메마른 땅에서 뿜어 나오는 해로운 기운은 그 곳에서 생활하는 사람에게 질병과 피로를 가져 다 주는 주요 원인이 된다.

그러나 알맞은 개수와 크기 그리고 주택과 적당한 거리를 두고 심어져 있는 정원수는 땅의 습도를 유지시켜 주고 낮에는 신선한 산소가 발생되기 때문에 사람에게 이로운 기운을 준다.

수분관리와 가지치기 그리고 병충해 방제를 철저하게 하여 고사되는 나무가 없도록 하여야 하며 혹시 죽은 나무가 있으면 즉시 뽑아내어야 하고 또 잔디는 자주 깎고 잡초 제거에도 게을리 하여서는 안 된다.

나무의 높이가 3m까지는 사람에게 좋은 기운을 주며 주택에서 15m 가량 떨어져 있는 것이 좋고 침실 가까이에 있는 정원수는 밤에는 탄산가스를 배출하기 때문에 나쁘며 집의 중심에서 북서쪽에 심어져 있는 나무는 겨울에 북서풍을 막아주고 여름에는 뜨거운 열기를 식혀 준다.

담장이 높아 외부의 기운이 집안으로 들어오기가 어렵고 마당이 좁으면 당연히 정원수의 키가 작고 그 수량 또한 적어야 하고 마당이 넓고 통풍이 잘 되는 담장이면 정원수의 키가 조금 크고 수량이 많은 것이 좋다.

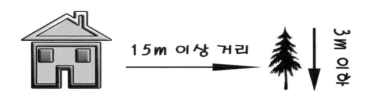

15m 이상 거리   3m 이하

장미나 라일락은 집의 중심에서 어느 방향에 심어도 무관하나 수분 흡수를 많이 하는 모과나무와 가지가 늘어지거나 이상하게 구부러진 모양으로 자란 나무, 가시가 많은 나무는 집안에 심지 않는다.

매화, 소나무는 선비를 상징하며 모란, 철쭉은 부귀를, 작약은 아름다움과 사랑을 의미하고, 감나무는 기쁨과 사업의 번창 그리고 새 사업의 좋은 출발을 의미하며 사과나무는 안전, 감귤은 행운, 상록수와 대나무는 선비와 장수를 상징한다.

택지가 좁으면 복숭아, 감나무, 대추, 석류 등 열매를 맺는 나무는 심지 않으며 원추리 꽃의 꽃망울이 남자의 성기 모양과 같아 아들이 귀한 집안에서는 뒤뜰에 많이 심었다.

단독 주택의 경우 경제적 부(富)를 추구하려면 택지의 중심에서 서쪽 담장 아래 노란색의 꽃이 피는 나무나 꽃을 심고 자녀가 잘 되기를 기대하는 사람은 동쪽 담

장 아래 흰색의 꽃이 피는 나무나 꽃을 심어 자녀의 기운을 상승시킨다.

그리고 정원의 크기에 비하여 너무 큰 돌이 집안에 있으면 기운이 활성화(活性化)되지 않고 또 대문(大門) 가까이에 큰 나무가 있는 것도 나쁘다.

◎ 정원수의 형태, 색에 따라 심는 방위

정원수도 형태나 잎의 모양 그리고 꽃의 크기와 색깔에 따라 심으면 좋은 방위가 있으며 이로운 기운이나 해로운 기운을 직접 느끼지 못한다고 무시하거나 소홀하게 보아 넘겨서는 안 된다.

심을 때에는 자신이 살고 있는 대지의 중심점을 기준으로 하여 심는다.

오 행 / 형 태	목	화	토	금	수
정원수 형태	직사각형	역 삼각형	원형	정사각형	삼각형
잎, 꽃의 색	청색	적색	황색	백색	검은색
좋은 방위	동	남	중앙	서	북
상생 방위	북	동	남	중앙	서
나쁜 방위	서, 중앙	북, 서	동, 북	남, 동	중앙, 남

28 행운(幸運) 풍수

◎ 취직을 하려면

졸업과 동시에 취직을 한다는 것은 요즘 운이 좋은 사람이 아니고는 어려운 일이다.

취직운은 현관과 가장 밀접한 관계가 있기 때문에 현관을 밝게 조명하고 청결과 정돈에 신경을 써야 한다.

영업직은 활동을 많이 하는 직업으로 동쪽의 기운을 많이 받으면 좋은데 이력서 용지나 사무용품을 집에서 동쪽에 있는 문구점에서 구입하고 책상 위에는 붉은색 볼펜을 올려두고 음악을 들으면서 이력서를 작성하며 혹시 회사의 홈페이지에 연결하거나 전화를 할 경우에도 방의 동쪽에서 걸면 좋고 화장대나 거울, 텔레비전은 동쪽으로 향하지 않게 놓아야 한다.

사무직은 차분하고 안정된 기운을 받아야 하며 온화한 인간관계를 형성해야 하는 직업으로 북쪽의 기운을 받아야 하는데 집에서 북쪽에 있는 문구점을 이용하며 목욕을 하고 책상 위에 물 한 컵을 올려두고 이력서를 작성하며 침대는 남쪽에 두고 북서쪽에는 큰 관엽식물을 두면 좋다.

판매, 서비스직은 원만한 인간관계를 만들어야 하는 직업으로 서쪽 방위의 기운을 받으면 좋은데 사탕을 먹거나 맥주를 한 잔 마시고 이력서를 작성하며 책상을 서쪽 방위에 놓고 대나무 화분을 남쪽에 두면 좋다.

기획(企劃)이나 기술직도 서쪽의 기운을 받으면 좋은데 침대를 서쪽에 두고 머리는 남쪽으로 향하게 하며 책상은 동남쪽에 컴퓨터와 함께 두고 화장대는 북서쪽에 두면 좋다.

시험 당일 집에서 북쪽에 있는 수험장에 간다면 검은색이나 회색, 베이지나 파란색, 흰색 계통의 옷을 입고 두부나 생선, 우유를 먹고 동쪽의 수험장에는 파란색이

| 취직 | ▶ | 현관을 밝게 조명하고 청결하게 | ▶ | 옷은 단정하고 수수하게 |

나 빨간색, 흰색의 옷을 입고 초밥이나 감, 귤, 주스 등 식초가 들어 간 음식을 먹고 시험장에 간다.

또 남쪽의 수험장에는 초록색이나 파란색, 흰색의 옷에 새우나 게, 샐러드에 야채 주스를 마시고, 서쪽 수험장에는 노란색이나 핑크, 베이지나 갈색, 흰색 중에 한 가지 계통의 옷을 입고 치킨에 와인을 한잔 마시고 간다면 이로운 기운이 작용하여 좋은 결과를 얻게 된다.

이로운 기운을 받았다고 자만하여서도 안 되며 자신감과 할 수 있다는 긍정적인 생각을 갖고 시험에 임해야 할 것이다.

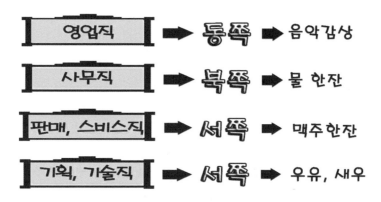

◎ 복권에 당첨되려면

간밤에 좋은 꿈이라도 꾸고 나면 누구나 한 번쯤 로또 복권에 당첨되어 돈 벼락이라도 맞아 보았으면 하는 기

대를 하고 복권을 구입한 후 발표 되는 날만을 손꼽아
기다려 본 경험이 있을 것이다.

 이런 꿈같은 일에 당첨될 가능성을 높여주는 기운은
동쪽으로 약간 튀어 나온 창문이 있고 또 다른 창문이
남쪽에 있는 방에서 생활하면 좋은데 동쪽 방위의 추진
력과 결단력이 남쪽 방위의 직감력을 만나 기운이 더욱
강하게 되기 때문이다.

 침대는 방의 중앙에서 서쪽에 두고 머리는 북쪽으로
향하게 하며 서쪽 벽에는 추수 직전의 가을 풍경화를
걸어 두고 서북쪽 방위에는 옷장을 두면 좋다.

 또 동쪽 창문 아래에는 텔레비전이나 음향기기를 두고
양쪽에 관엽식물을 두며 남쪽 창문의 커튼은 초록색 계
통으로 하고 북쪽 장롱 안에는 귀금속이나 통장을 초록
색 보자기에 싸서 넣어 둔다.

 동북쪽 방위에는 화장대나 책상을 배치하며 서남쪽에

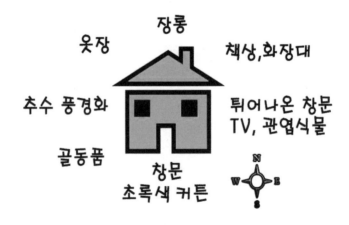

는 간소한 골동품이나 유리문이 달린 고급 책장을 두고 복권을 구입하면 행운을 잡을 기회가 한층 높아 질 것이다.

◎ 체중을 줄이려면

만병의 근원인 비만을 없애려고 맛있는 음식을 보거나 배가 고프면 생기는 생리적 현상인 식욕을 참으며 갖은 고통을 감수하는 것은 결코 쉽지는 않은 일이다.

잘못된 식습관과 생활에서 생긴 비만을 해소하는 데에는 여러 가지의 방법이 있지만 풍수적 해법으로 비만에서 탈출 해 보는 방법도 좋을 것 같다.

비만은 신체의 비장(脾腸)과 밀접한 관계가 있고 오행상 토(土)에 해당되며 위장과 음양의 관계를 이루고 있는 장기이다.

비장이 속한 토(土)의 음식은 황색계통 음식이며 토(土)의 기운을 도와주는 음식은 화(火)의 붉은색 계통 음식이니 황색과 적색의 음식은 비만을 도우는 음식이다.

또 황색과 적색은 다른 색의 음식과 달리 식욕을 쉽게 자극하여 맛이 있게 보이며 요즘 대부분의 음식도 황색이나 붉은색 계통의 식재료로 요리를 많이 만들기 때문에 비만 인구가 점점 늘어나게 된다.

토(土)의 기운이 이롭게 도와주는 금(金)의 백색 음식 보다는 상극이 되는 목(木)의 기운을 가진 초록 색깔 음식인 신선한 채소와 식초가 들어가 신맛이 나는 음식을 많이 섭취하여 비만의 기운을 약화시킨다.

부엌이나 옷을 청색 계통으로 꾸미거나 입으면 식욕을 억제하는데 도움이 되어 자신도 모르는 사이 체중이 줄어들게 된다.

그리고 평소에 녹색이나 청색 빛의 기운을 많이 느끼고 가까이 할 수 있는 등산이나 수영을 꾸준히 하는 것도 비만을 줄여 주는 한 방법이다.

◎ 결혼을 하려면

요즘 미혼의 젊은 사람들은 사회적인 활동에 많이 참여하고 또 결혼과 육아에 필요한 많은 금전적 요구를 감당하지 못하여 결혼을 기피하고 1인 세대를 구성하여 혼자 생활하는 경우가 점점 많아진다.

혼기가 다된 자녀를 둔 부모들 입장에서는 걱정이 이

만 저만이 아니지만 당사자들도 막상 결혼을 하려면 마
땅한 상대가 없거나 또 쉽게 인연이 닿지 않아 결혼을
하지 못하는 경우가 많다.

주택의 중심에서 동북쪽이나 북서쪽 방위의 방에서 생
활하면 결혼의 기운을 받기 어려우니 동남쪽의 방으로
옮겨 인연의 기운을 높이거나 서남쪽 방위에 있는 방으
로 옮겨 성숙한 여인의 기운을 듬뿍 받는 것이 좋다.

또 방의 중심에서 동남쪽에 침대를 두고 머리가 동쪽
을 향하게 하여 잠을 자면 좋은 인연의 기운을 받기 때
문에 더욱 더 좋다.

동북쪽에는 책상을, 북쪽에는 책장이나 서랍장을 두고
그 안에 통장이나 귀중품을 넣어두며 동쪽 방위에는 텔
레비전이나 음향기기를 놓아둔다.

남쪽에 창문이 있으면 꽃무늬 커튼을 치고 아래에는
한 쌍의 관엽식물을 두며 서남쪽 방위에는 화장대를 놓
고 서쪽 벽에는 가을 풍경화를 걸어두며 북서쪽 방위에
는 장롱을 두면 인연이 만들어지는 기운이 강해져 보다
쉽게 결혼을 하게 된다.

북쪽 – 책장
북서쪽 – 장롱
서쪽 – 추수 그림
서남쪽 – 화장대
동북쪽 – 책상
동쪽 – TV
남동쪽 – 침대
남쪽 – 화분
남동, 서남쪽 방 사용

꽃 그림이 있는 화분

둥근 꽃 모양이 그려져 있는 화분을 현관 가까이에 두면 대인 관계를 원만하게 형성하는 데 도움이 된다.

그러나 화분에 자라던 식물에 꽃이 피면 인연의 기운이 감소하게 되며 미혼 여성에게는 불리하게 작용하여 결혼을 어렵게 한다.

하지만 창가에 두면 여성스러운 기운이 높아지고 화분에 꽃이 핑크색으로 그려져 있으면 더욱 좋으나 가능하면 꽃이 없고 잎이 많은 것을 마련하는 것이 무난하며 화분의 식물이 싱싱하지 못하고 시들면 즉시 다른 것으로 교환해 주어야 한다.

29 그림 및 물품의 방위

모든 물건에는 크거나 작거나 나름대로의 독특한 기운을 가지고 있는데, 자기 자신에게 이롭고 신선한 기운이 생성되게 그림이나 소품들을 잘 활용하여 삶에 활기를 불어 넣어야 할 것이다.

◎ 그림을 걸어 두는 방위

• 북 : 바다, 항구, 호수, 꽃, 배 그림을 걸어 둔다.

- **동북** : 눈 덮인 산, 남자 아이, 설경(雪景), 저녁노을.
- **동** : 아침 해, 악기(樂器), 자동차, 젊은 남성, 붉은 장미.
- **남동** : 봄 혹은 여름 풍경, 소녀가 있는 그림.
- **남** : 바다, 여름 풍경, 열대의 꽃, 추상화, 숲.
- **서남** : 초원, 전원 풍경, 야채 혹은 과일 정물화, 숲, 논.
- **서** : 소녀, 가을 풍경, 유럽의 거리 풍경.
- **북서** : 사원, 대도시의 야경, 거리 풍경.

◎ 기타 물품 두는 방위

- **동쪽, 남쪽** : 텔레비전, 전화, 컴퓨터, 음향기기.
- **서쪽, 북쪽** : 화장대.
- **북서, 북, 동북** : 통장, 돈, 보석.
  - 자(子),진(辰),신(申)년에는 : 북쪽.

- 축(丑),기(己),유(酉)년에는 : 북쪽에 가까운 동북.
- 인(寅),오(午),술(戌)년에는 : 동쪽에 가까운 동북.
- 묘(卯),미(未),해(亥)년에는 : 북서쪽.
• 중앙 : 가장(家長)이 쓰는 물건을 두면 가족의 번영
 과 안정을 가져 온다.

◎ 어항(魚缸)

 어항은 음과 양의 기운이 아주 강하게 작용하기 때문에 집안에 설치할 때는 주택의 중심에서 동쪽과 남동쪽 그리고 북서쪽 방향에 만 놓아야 한다는 것을 명심해야 한다.
 자주 물을 갈아 주어야 하며 어항의 크기가 너무 크거나 어항 속 수초(水草)가 지나치게 자라지 않게 해야 하고 근처에 난로나 화기를 두어도 안 된다.

● 자신의 오행에 맞는 물고기 수

물고기 ＼ 오행	수(水)	화(火)	목(木)	금(金)	토(土)
밝은 색(흰색, 은색) 물고기	1	2	3	4	5
어두운 색(적색, 검정색) 물고기	6	7	8	9	10

출세를 돕는 책상 배치

직장인이나 수험생들은 책상에 앉아 있는 시간이 많으며 또 책상에서 이루어지는 업무나 공부는 자신들의 현재와 미래에 직결되는 아주 중요한 일들을 처리하고 설계하게 되기 때문에 책상의 방위가 그만큼 중요하다.

● 띠에 따라 책상을 놓으면 좋은 방위

띠 \ 방위	매우 좋음	좋음
자 (子, 쥐)	동북간	서남간
축 (丑, 소)	북서간	남동간
인 (寅, 호랑이)	서남간	동북간
묘 (卯, 토끼)	남동간	북서간
진 (辰, 용)	동북간	서남간
사 (巳, 뱀)	북서간	남동간
오 (午, 말)	서남간	동북간
미 (未, 양)	남동간	북서간
신 (申, 원숭이)	동북간	서남간
유 (酉, 닭)	북서간	남동간
술 (戌, 개)	서남간	동북간
해 (亥, 돼지)	남동간	북서간

30 나경 보기

나경은 풍수에서 가장 중요한 방위를 측정할 때 없어서는 안 되는 기구이며 패철(佩鐵)이라고도 하는데 '포라만상(包羅萬象) 경륜천지(經綸天地)'라는 말에서 따온 용어이며 우리가 흔히 보는 나침반에 각각의 방위와 풍수적인 의미를 알려주는 글자가 적혀 있다.

남북의 방위를 가리켜주는 바늘이 나경의 중앙에 있고 바늘을 중심으로 36층까지 세분화되어 있지만 보통 5

층 까지만 많이 활용하며 특히 4층에 표기되어 있는 24방위를 방위 측정의 기준으로 삼는다.

바늘의 한쪽 끝에 구멍이 나 있거나 적색 또는 백색의 칠을 하여 표시한 쪽이 항상 북쪽인 자(子)의 방위를 가리키도록 되어 있어 자오(子午) 즉 북과 남의 방위를 쉽게 알 수 있다.

나경의 오(午)를 몸 앞에 두고 보았을 때 우측은 동쪽인 묘(卯)의 방위가 되고 왼쪽은 서쪽인 유(酉)의 방위가 된다.

24방위 중에 임, 자, 계는 북쪽 방위이고 축, 간, 인은 동북쪽 방위이며 갑, 묘, 을은 동쪽, 진, 손, 사는 남동쪽, 병, 오, 정은 남쪽, 미, 곤, 신(申)은 서남쪽, 경, 유, 신(辛)은 서쪽, 술, 건, 해는 북서쪽의 8방위로 나뉜다.

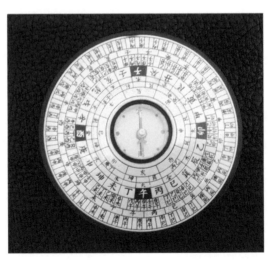

● 1층

나경의 중앙에서 첫 번째 있는 선을 말하며 진, 인, 신, 유(辰寅申酉), 해, 묘, 사, 오(亥卯巳午)로 나누어 표시되어 있는데 이 8괘의 방위는 4층에 있는 24방위에 대한 황천수(黃泉水)을 의미 한다.

황천수는 아주 중요한 흉살로 인패, 재패의 파멸을 뜻 하므로 가장 주의를 하여야 하기 때문에 나경의 1층에 표기하였다.

(예) 주택이나 무덤의 뒤쪽이 나경의 4층 壬子癸 3방위에 해당하는 방위이면 4층의 진(辰) 방위쪽의 물(水)을 살피고 그 방위가 허약하여 물이 들어오면 흉살을 받게 된다.

● 2층

2층은 주택이나 무덤 뒤쪽의 팔요풍(八曜風)을 보는 것으로 해당 방위가 허약하여 바람이 불어오는지를 잘 살펴보는 것으로 1층의 황천살과 항상 같이 보아야 한다.

(예) 壬子의 방위이면 乾, 亥 방위의 바람을 주택이나 무덤의 뒤쪽이 癸, 丑의 방위이면 艮, 寅 방위의 바람을 살펴야 한다.

● 3층

 나경의 3층은 오행의 木 火 土 金 水 중 중앙을 의미하는 土를 제외하고 반복하여 표시 되어 있는데 같은 오행으로 표시된 3방위가 합(合)을 이루면 길(吉)하다는 의미이다.

(예) 木이 표시된 乾 亥, 甲 卯, 丁 未의 방위는 3합을 이루어 5행의 하나인 木국을 이룬다.

● 4층

 4층은 지반정침(地盤正針)이라고도 하는데 풍수에서 기본이 되는 子, 癸, 丑, 艮, 寅, 申, 卯, 乙, 辰, 巽, 巳, 丙, 午, 丁, 未, 坤, 申, 庚, 酉, 辛, 戌, 乾, 亥, 壬의 24방위가 표시되어 있고 가장 많이 활용되는 층이다.

● 5층

 5층은 기(氣)의 흐름인 용맥(龍脈)을 측정하는데 음택에서 시신의 하관(下官) 방위 기준으로 사용된다.

31 궁합 보기

　남녀가 사랑을 하게 되면 한 번쯤 재미로 보게 되거나 아니면 결혼을 앞둔 자녀가 있으면 부모들이 대신하여 보게 되는 것이 궁합이다.

　궁합(宮合)을 보는 데에는 여러 가지 방법이 있는데 여기에서는 쉽고 간략하게 볼 수 있는 방법을 적을까 한다.

◎ 육갑 납음표 (남녀 간의 겉 궁합을 보는데 사용)

육갑년도	출생	오 행	육갑년도	출생	오 행	육갑년도	출생	오 행
甲申 乙酉	44 45	泉中水(천중수) 샘물	甲辰 乙巳	64 65	覆燈火(복등화) 초롱불	甲子 乙丑	84 85	海中金(해중금) 바다속 금
丙戌 丁亥	46 47	屋上土(옥상토) 지붕 위의 흙	丙午 丁未	66 67	天下水(천하수) 은하수	丙寅 丁卯	86 87	爐中火(노중화) 화롯불
戊子 己丑	48 49	霹靂火(벽력화) 벼락 불	戊申 己酉	68 69	大驛土(대역토) 큰역참(驛站)의 흙	戊辰 己巳	88 89	大林木(대림목) 큰 숲의 나무
庚寅 辛卯	50 51	松柏木(송백목) 소나무와잣나무	庚戌 辛亥	70 71	釵釧金(채천금) 비녀팔지만드는 금	庚午 辛未	90 91	路傍土(노방토) 길가의 흙
壬辰 癸巳	52 53	長流水(장류수) 길게 흐르는 을	壬子 癸丑	72 73	桑柘木(상자목) 뽕나무	壬申 癸酉	92 93	劍鋒金(검봉금) 칼끝의 쇠
甲午 乙未	54 55	沙中金(사중금) 모래 속의 금	甲寅 乙卯	74 75	大溪水(대계수) 큰 시냇물	甲戌 乙亥	94 95	山頭火(산두화) 산머리 불
丙申 丁酉	56 57	山下火(산하화) 산 아래 불	丙辰 丁巳	76 77	沙中土(사중토) 모래 속의 금	丙子 丁丑	96 97	澗下水(간하수) 산골의 물
戊戌 己亥	58 59	平地木(평지목) 평지출로선 나무	戊午 己未	78 79	天上火(천상화) 하늘 위의 불	戊寅 己卯	98 99	城頭土(성두토) 성 위의 흙
庚子 辛丑	60 61	壁上土(벽상토) 벽에 바른 흙	庚申 辛酉	80 81	石榴木(석류목) 석류나무	庚辰 辛巳	00 01	白鑞金(백랍금) 납
壬寅 癸卯	62 63	金箔金(금박금) 아주 얇게편 금	壬戌 癸亥	82 83	大海水(대해수) 큰 바다 물	壬午 癸未	02 03	楊柳木(양류목) 버드나무

● 보는 법

• 먼저 자신의 출생년도에 해당하는 오행(五行)을 육갑 납음 표에서 찾는다.

　(예) 남자 82년생 83년생은 大海水(대해수) 그러니까 오행에서 水가 된다.

• 다음은 상대방 출생년도에 해당하는 오행도 육갑 납음 표에서 찾는다.

　(예) 여자 84년생 85년생은 海中金(해중금) 그러니까 오행에서 金이 된다.

• 그런 다음 아래 오행 도표에서 해당하는 칸을 확인한다.

　(예) 해당하는 칸이 대길이니 매우 좋다.

◎ 오행 도표

여자 남자	木	火	土	金	水
木	무해 무익	대길	불리	불길	대길
火	대길	불리	대길	불리	불길
土	불리	대길	중길	대길	불리
金	불길	불리	대길	불리	대길
水	대길	불길	불리	대길	중길

● 상극이 예외인 경우

• **검봉금과 사중금**이 오행의 화(火)를 만나는 경우에
는 예외인데 칼은 쇠를 불에 달구어야 만들 수 있
고 모래 속의 금은 용광로에 넣어 녹여야 만 쇠가
되기 때문이다.

• **천하수와 대해수**가 오행의 토(土)를 만나는 경우에
는 예외인데 하늘의 은하수와 큰 바닷물은 땅이 없
으면 고기를 잡거나 수영을 하다가 쉴 수가 있는
곳이 없기 때문이다.

• **평지목**이 오행의 금(金)을 만나는 경우에는 예외이다.
평지에 있는 한 그루의 나무는 방풍림이나 그늘의
역할하기가 어려우니 톱으로 베어 옷장이나 다른 용
도로 사용하는 것이 좋다.

• **벽력화, 천상화, 산하화**가 오행의 수(水)를 만나는
경우에는 예외인데 벼락은 비와 함께 치고 하늘의
불도 벼락과 비슷하며 산 아래의 불은 비라도 내리
지 않는 한 산 전체를 태워버리기 때문이다.

• **노방토, 대역토, 사중토**가 오행의 목(木)을 만나는
경우에는 예외이다.
길가의 흙이나 큰 참흙 그리고 모래속의 흙은 나

무를 만나지 못하면 알아주는 사람이 없기 때문에 상
극인 목을 만나야 한다.

◎ 생월로 보는 궁합

남자와 여자가 다음의 생월 끼리 서로 결혼하면 재물
이 점차 줄어들게 되고 자식운도 좋지 않으니 이제까지
의 궁합 보는 법으로 맞추어 보았더라도 한 번쯤은 염
두에 두어야 할 것 같다.

11월생과 12월생의 여자는 어떤 생월의 남자와 결혼
하여도 상관이 없으나 일부에서는 11월생 여자는 3월
생 남자와, 12월생 여자는 7월생의 남자와는 좋지 않
다고도 하는데 아래 표에서 궁합을 볼 때는 음력 생월
로 보아야 한다.

여자의 생월	남자의 생월	여자의 생월	남자의 생월
1월생	9월생	6월생	12월생
2월생	8월생	7월생	3월생
3월생	5월생	8월생	10월생
4월생	6월생	9월생	4월생
5월생	1월생	10월생	11월생

◎ 띠로 보는 궁합(宮合)

관계 띠	삼합	육합	원진	형	충	파	해
쥐(子)	용, 원숭이	소	양	토끼	말	닭	양
소(丑)	뱀, 닭	쥐	말	개, 양	양	용	말
범(寅)	말, 개	돼지	닭	뱀, 원숭이	원숭이	돼지	뱀
토끼(卯)	돼지, 양	개	원숭이	쥐	닭	말	용
용(辰)	쥐, 원숭이	닭	돼지	용	개	소	토끼
뱀(巳)	닭, 소	원숭이	개	원숭이, 범	돼지	원숭이	범
말(午)	범, 개	양	소	말	쥐	토끼	소
양(未)	토끼, 돼지	말	쥐	소, 개	소	개	쥐
원숭이(申)	쥐, 용	뱀	토끼	범, 뱀	범	뱀	돼지
닭(酉)	소, 뱀	용	범	닭	토끼	쥐	개
개(戌)	범, 말	토끼	뱀	양, 소	용	양	닭
돼지(亥)	토끼, 양	범	용	돼지	뱀	범	원숭이

● 보는 법

- **삼합**(三合) - 서로 좋아하고 도와주는 상생 관계이 니 매우 좋다.
- **육합**(六合) - 삼합 다음으로 좋은 궁합이며 서로 이 로움을 주는 관계이다.
- **원진**(怨嗔) - 서로간에 원망하고 성질을 내며 미워 하니 나쁜 관계이며 육갑납음의 오행 에서 상극관계 보다 더 나쁘다.
- **형**(刑) - 상대방에게 암투, 형액, 소송 등으로 충격 을 가하는 관계이다.
- **충**(冲) - 서로 대립하고 충돌하는 관계로 나쁜 관계 이다.
- **파**(破) - 서로 파괴하는 관계로 다른 살(殺) 보다 영향력이 약하나 원진, 형, 충, 해살이 함께 가세하면 그 영향력이 엄청나게 크 진다.
- **해**(害) - 서로 해롭게 하는 관계이다.

원진의 관계는 결혼 할 때 피하는 것이 좋으며 나머지 관계도 궁합이나 운명에 끼치는 영향이 약하지만 불리 하게 작용을 하니 한번 쯤 생각 해 보아야 한다.
그리고 도표에 해당 되지 않는 관계는 보통이다.

사진, 그림

사진은 사진을 찍을 때의 기운을 간직하고 있기 때문에 액자에 넣는 사진은 가장 좋았던 때의 기운이 담겨진 사진을 넣어 두는 것을 명심하여야 하며 가족사진 뿐 아니라 꽃, 풍경, 과일이 그려진 그림이나 사진은 집안의 기운을 높여 준다.

액자의 색깔은 녹색이 좋으며 주변 환경에 비하여 너무 큰 것을 걸어 두면 오히려 좋은 기운이 달아나게 되니 적당한 크기의 것을 걸거나 아니면 탁자나 문갑 위에 작은 액자를 놓아두는 것이 좋다.

그리고 꽃 사진이나 그림은 생화의 기운을 대신할 수 있는데 핀으로 꽂아 두거나 테이프로 붙여두는 것 보다 고급스러운 액자에 넣어두는 것이 훨씬 좋은 기운을 불러온다.

32 운세 보기

자신의 운세를 보는 방법도 여러 가지가 있으나 여기
에서는 본명성으로 보는 방법을 적는다.

앞의 본명성 도표에서 자신의 본명성을 먼저 찾아 자
신의 본명성이 현재 어느 방위에 있는지에 따라 운세를
가름 할 수 있으며 본명성은 머물고 있는 방위가 매년
바뀌는데 중앙에서 시작하여 북서, 서, 동북, 남, 북, 서
남, 동, 남동 방위 그리고 다시 중앙의 순으로 옮겨 다

니는데 그 방위가 바뀌면서 길, 흉도 함께 바뀐다.

 자신의 본명성이 9방위 중 해당년도에 위치하고 있는 방위에 따라 그 방위의 고유한 기운인 이사, 개업, 결혼, 승진, 자식운, 사업운 등의 좋은 기운이 활성화되는 년도가 될 수도 있고 사고, 부도, 구설수, 낭비, 실직 등의 흉한 기운이 발생하는 해가 될 수도 있으니 먼저 42쪽 본명성 산출 공식과 43쪽 표에서 자신의 본명성을 찾은 다음 72쪽 표에서 길, 흉의 방위를 확인하고 217쪽 해당년도에 자신의 본명성이 있는 방위를 참고하여 218쪽 표에서의 의미를 바탕으로 보면 된다.

 방위를 중시하는 풍수에서는 다른 역학이나 점술과는 달리 출생 년도가 같아도 남녀 본명성이 각각 다르고 방위별 길, 흉을 정하는 방법 또한 다르다.

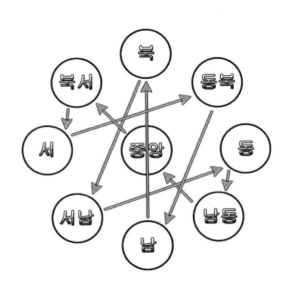

◎ 연도별 구성의 위치

2013년, 2022년

六白 (북서)	一白 (북)	八白 (동북)
七赤 (서)	五黃 (중앙)	三碧 (동)
二黑 (서남)	九紫 (남)	四綠 (남동)

2014년, 2023년

五黃 (북서)	九紫 (북)	七赤 (동북)
六白 (서)	四綠 (중앙)	二黑 (동)
一白 (서남)	八白 (남)	三碧 (남동)

2015년, 2024년

四綠 (북서)	八白 (북)	六白 (동북)
五黃 (서)	三碧 (중앙)	一白 (동)
九紫 (서남)	七赤 (남)	二黑 (남동)

2016년, 2025년

三碧 (북서)	七赤 (북)	五黃 (동북)
四綠 (서)	二黑 (중앙)	九紫 (동)
八白 (서남)	六白 (남)	一白 (남동)

2017년, 2026년

二黑 (북서)	六白 (북)	四綠 (동북)
三碧 (서)	一白 (중앙)	八白 (동)
七赤 (서남)	五黃 (남)	九紫 (남동)

2018년, 2027년

一白 (북서)	五黃 (북)	三碧 (동북)
二黑 (서)	九紫 (중앙)	七赤 (동)
六白 (서남)	四綠 (남)	八白 (남동)

2019년, 2028년

九紫 (북서)	四綠 (북)	二黑 (동북)
一白 (서)	八白 (중앙)	六白 (동)
五黃 (서남)	三碧 (남)	七赤 (남동)

2020년, 2029년

八白 (북서)	三碧 (북)	一白 (동북)
九紫 (서)	七赤 (중앙)	五黃 (동)
四綠 (서남)	二黑 (남)	六白 (남동)

2021년, 2030년

七赤 (북서)	二黑 (북)	九紫 (동북)
八白 (서)	六白 (중앙)	四綠 (동)
三碧 (서남)	一白 (남)	五黃 (남동)

◎ 방위별 운세

 자신의 본명성은 평생 동안 변하지 않으며 그 기운은 매년 보는 전체의 운세 중에 70% 정도 영향력이 미치게 된다.

 그리고 나머지 30%는 해당년도에 자신의 본명성이 자리하고 있는 본래 방위의 기운과 자신의 본래 방위에 자신을 대신하여 자리를 잡고 있는 고유한 기운의 영향을 받게 된다.

◎ 북서, 六白, 金	◎ 북, 一白, 水	◎ 동북, 八白, 土
• 승진, 합격, 공천	• 교도소, 사업부진	• 변화, 개혁, 상속
• 큰자본, 투자, 확장	• 곤란, 동거, 도적	• 저축, 부동산, 큰돈
• 관재수, 이혼, 이별	• 부하 직원, 노숙자	• 친척, 고향, 형제
• 보석, 자동차, 윗사람	• 물, 비밀, 주변 냉대	• 조직, 잠자리, 낙상
• 뇌출혈, 병원, 자살	• 사산, 신장, 성기	• 다리, 허리, 관절
◎ 서, 七赤, 金	◎ 중앙, 五黃, 土	◎ 동, 三碧, 木
• 소비, 낭비, 오락	• 고집, 고립, 권위	• 계획, 출발, 개업
• 유흥, 연애, 소녀	• 욕심, 실업자, 파산	• 허풍, 젊음, 패기충만
• 대출, 기쁨, 주식투자	• 개약파기, 모함, 별거	• 정보, 전기, 방송
• 언쟁, 구설수, 수술	• 암, 중병, 스트레스	• 신속, 빠름, 신제품
• 입, 호흡기, 이빨	• 핵폭발, 폭력, 오물	• 신경과민, 싸움
◎ 서남, 二黑, 土	◎ 남, 九紫, 火	◎ 남동, 四綠, 木
• 농산물, 서민, 가정	• 화려함, 예술, 명품	• 여행, 신용, 운반
• 순종, 검소, 인색함	• 성급함, 분쟁, 탄로	• 결혼, 로비, 상거래
• 직장, 일, 선거운동	• 재판, 부상, 수술	• 바람, 왕래, 신변정리
• 성실, 노력, 인내	• 당선, 합격, 승진	• 결과, 소식, 이사
• 위장, 오래 된 것	• 신문, 광고, 주식, 눈	• 방황, 가출, 중계인

33 출생 시간별 길방위

　태어난 해의 간지(干支)에 따라 자신에게 이로운 기운
을 주는 방위가 있지만 출생한 시간에 따라서도 자신에
게 좋은 방위가 있다.

　따라서 자신의 길(吉)방위에 집을 마련해 이사를 하거
나 출장 또는 운동, 등산을 할 때에도 활용하며 좋다.

　그리고 데이트 장소를 정할 때에도 염두에 두고 정하
면 쉽게 성공을 하게 된다.

또 취직을 할 때에도 길(吉)방위에 있는 회사를 선택한다면 자신에게 유리한 기운을 한층 더 많이 받을 수 있으며 금전거래를 할 때에도 좋다.

● 출생 시간에 따른 길방위

길방위 / 출생시간	12지	길방위
밤 11시반~1시반	자(子)	북
1시반~3시반	축(丑)	북~동북
3시반~5시반	인(寅)	동북~동
5시반~7시반	묘(卯)	동
7시반~9시반	진(辰)	동~남동
9시반~11시반	사(巳)	남동~남
낮 11시반~1시반	오(午)	남
1시반~3시반	미(未)	남~서남
3시반~5시반	신(申)	서남~서
5시반~7시반	유(酉)	서
7시반~9시반	술(戌)	서~북서
9시반~11시반	해(亥)	북서~북

34 좋은 이름 짓기

  우리의 선조들은 후손들에게 부모의 좋은 기운이 전달
되고 또 서로의 관계를 쉽게 알아 볼 수 있도록 가문마
다 독특한 돌림자를 이름의 중간자 혹은 마지막자로 사
용하였다.

  오행중 수(水)의 기운이 들어 간 물수(水)변의 돌림
자 다음에는 목(木)의 기운이 들어간 나무 목(木)변이
들어 간 돌림자를 사용하고 그 다음에는 화(火)의 기운

이 들어가게 불화(火)변의 돌림자를 다음은 흙토(土)변이 들어 간 돌림자를 그리고 쇠금(金)변이 들어간 한문(漢文)으로 돌림자를 사용하며 다시 물수(水)변이 들어가는 돌림자 순으로 이름을 지어 오행의 상생관계가 계속 이어지도록 하였다.

사람의 이름을 한문 획수로 따져 수리(數理)로 좋은 이름인지 아닌지를 구별하기도 하지만 이름이란 상대방이 불러주는 경우가 많기 때문에 소리오행으로도 좋은 기운이 생성되도록 작명(作名)하여야 한다.

그리고 이름을 부르는 것은 그 사람에게 목, 화, 토, 금, 수의 오행(五行)의 기운을 직접 전해 주는 것과 같고 한 번 지어진 이름은 바꾸기가 쉽지 않으니 신중하게 작명 하여야 한다.

● 소리 및 획수의 오행분류

팔괘 / 오행	진(震),손(巽)	이(離)	곤(坤),간(艮)	태(兌),건(乾)	감(坎)
오 행	목(木)	화(火)	토(土)	금(金)	수(水)
소 리	ㄱ, ㅋ	ㄴ, ㄷ, ㄹ, ㅌ	ㅇ, ㅎ	ㅅ, ㅈ, ㅊ	ㅁ, ㅂ, ㅍ
양의 획수	1	3	5	7	9
음의 획수	2	4	6	8	0

◎ 이름의 상생(相生), 상극(相剋) 배치도

이름 상생 오행	3자 이름		2자 이름	
	상 생	상 극	상 생	상 극
목(木)	목목화, 목화화, 목목수, 목수수, 목수목, 목화목, 목화토, 목수금.	목목토, 목목금, 목토토, 목금금, 목금목, 목토목, 목금화, 목토수.	목화 목수	목토 목금
화(火)	화화토, 화토토, 화화목, 화목목, 화목화, 화토화, 화토금, 화목수.	화화금, 화화수, 화금금, 화수수, 화금화, 화수화, 화금목, 화수토.	화토 화목	화금 화수
토(土)	토토금, 토금금, 토토화, 토화화, 토화토, 토금토, 토금수, 토화목.	토토수, 토토목, 토수수, 토목목, 토수토, 토목토, 토목금, 토수화.	토금 토화	토수 토목
금(金)	금금수, 금수수, 금금토, 금토토, 금토금, 금수금, 금수목, 금토화.	금금목, 금금화, 금목목, 금화화, 금목금, 금화금, 금목토, 금화수.	금수 금토	금목 금화
수(水)	수수목, 수목목, 수수금, 수금금, 수목수, 수금수, 수목화, 수금토.	수수화, 수수토, 수화화, 수토토, 수화수, 수토수, 수토목, 수화금.	수목 수금	수화 수토

◎ 수리오행(數理五行)

 수리오행은 뜻글자인 한문(漢文)으로 이름을 쓰면 각
각의 글자마다 획수가 있는데, 여기에서 10획 이상의
글자는 10을 제외한 나머지 획수를 그 글자의 고유 오
행으로 간주하고 홀수이며 양(陽)의 획수, 짝수이면 음
(陰)의 획수가 된다.
 세상의 만물(萬物)은 음양의 조화를 이루며 형성되어 있
는데 이름도 음양의 획수가 적절하게 배합되어야 한다.

(예) 3자 이름

朴(성박, 6획 음수) ⇒ 6획은 획수오행에 토(土)에 해당.
 ↕ ⇒ 朴과 炫의 획을 합하여 14획 중 10획을 제외한
        나머지 4획은 획수오행에 화(火)에 해당한다.
炫(밝을현, 8획 음수)
 ↕ ⇒ 炫과 俊의 획을 합하여 17획 중 10획을 제외한
        나머지 7획은 획수오행에 금(金)에 해당한다.
俊(준결준, 9획 양수)

 박현준(朴炫俊)이라는 이름의 음양배합은 음음양이니
좋다.
 그리고 수리 오행에서는 토(土), 화(火), 금(金)이니
좋은 배치에 속하지는 않는다.

(예) 2자 이름

金(성김, 8획 음수) ⇒ 8획은 획수오행에 금(金)에 해당.

↕ ⇒金과 九의 획을 합하여 17획 중 10획을 제외한 나머지 7획은 획수오행에 금(金)에 해당한다.

九(아홉구, 9획 양수) ⇒ 9획은 획수오행에 수(水)에 해당.

김구(金九)이라는 이름의 음양배합은 음양이니 좋고 수리 오행에서는 금(金), 금(金), 수(水)이니 좋은 배치에 속하니 길(吉)하며 소리 오행은 ㄱ, ㄱ, 목(木)과 목(木)이니 나쁘지 않다.

◎ 소리오행

성(性)과 이름의 한글 첫머리 글자 자음(子音)을 오행으로 풀이했을 때에 서로 상생이 되어야 좋다.

(예) 박 ⇒ 'ㅂ'이니 오행에 수(水)에 해당한다.
현 ⇒ 'ㅎ'이니 오행에 토(土)에 해당한다.
준 ⇒ 'ㅈ'이니 오행에 금(金)에 해당한다.

박현준이라는 이름은 수(水), 토(土), 금(金)이니 박과 현은 상극 관계이나 현과 준은 상생 관계이고 준과 박도 상생 관계이니 길(吉)이 많은 편이다.

◎ 수리로 보는 운(運)

- **천격**(天格) : 성의 획수와 이름의 끝자 획수를 합한 수리로 초년운(運)인 20세 전후의 운을 본다.
- **인격**(人格) : 성의 획수와 이름의 중간자 획수를 합한 수리로 중년운인 30세에서 40세 사이의 운을 본다.
- **지격**(地格): 이름의 두 글자를 합한 획수로 장년운인 40세에서 50세 사이의 운을 본다.
- **정격**(貞格) : 성과 이름의 모든 획수를 합한 수리로 말년운인 55세 이후의 운을 본다.

● 수리(數理)의 길, 흉

• 길(吉)한 수리

1, 3, 5, 6, 7, 8, 11, 13, 15, 16, 17, 18, 21, 23, 24, 25, 29, 31, 32, 33, 35, 37, 39, 41, 45, 47, 48, 52, 63, 65, 67, 68, 73, 81은 길한 수리이다.

• 흉(凶)한 수리

2, 4, 9, 10, 12, 14, 19, 20, 22, 28, 30, 34, 36, 44, 46, 49, 53, 54, 56, 59, 60, 62, 64, 66, 69,

70, 72, 74, 76, 79, 80은 흉한 수리이다.

- 길(吉), 흉(凶)이 반(半)인 수리

 26, 27, 38, 40, 42, 43, 50, 51, 55, 57, 58, 61, 71, 75, 77, 78은 길, 흉이 반인 수리이다.

 수리오행으로 작명(作名)할 때에는 두 가지 발음이 나는 자(字), 성과 같은 발음이 나는 자(字), 계절이나 짐승, 새, 벌레, 물고기 등을 상징하는 자(字), 천박하거나 불길한 한문 글자를 피해야 한다.

 그리고 한자의 획수 중 氵(水)변, 扌(手)변, 忄(心)변은 3획이 아니라 4획이고 王(玉)변은 4획이 아니고 5획이며 犭(犬)변은 4획, 礻(示)변은 5획, 月(肉)변, ⺫(网)변, 衤(衣)변은 6획, 阝(邑)변은 7획, 阝(阜)변은 8획 등 이 밖에도 획수가 틀리기 쉬운 한자가 많으니 주의해야 한다.

스탠드

스탠드는 태양을 대신하여 양의 기운을 발산시켜 지혜와 사고력을 높여주는 소품으로 책상 위에 놓아두면 학업 성적이 올라가게 되고 머리맡에 두면 사업이 잘되는 효과가 있다.

보통 스탠드는 갓이 있는 종류가 많은데 갓 스탠드는 자신의 현재의 상태를 안정시키고 부동산 운을 높여 주는데 흰색 직물로 만들어진 갓 스탠드를 동북쪽, 서남쪽 방위에 놓아두고 수시로 점등하거나 밤에 켜 두면 좋다.

불빛은 나쁜 기운을 없애고 이로운 기운을 모이게 하는데 스탠드의 불빛이 너무 강렬하면 변동의 기운을 가져올 수 있어 안정에는 도움이 되지 않으니 주의해야 한다.

보석이 박힌 화려한 갓 스탠드는 아무 곳에나 두면 오히려 좋은 기운을 소멸시키게 되니 북쪽, 동북쪽, 북서쪽 방위에 놓는 것이 좋다.

35 산(山)의 오행(五行)

등산(登山)은 적은 비용으로 일상을 탈출하여 여가를 즐길 수 있는 매력과 자연과 함께 하며 몸과 마음의 건강 증진에 좋은 기운을 받을 수 있어 등산 인구는 점점 늘어나고 있는 실정이다.

한 달에 한 번 이상 등산을 하는 사람은 우리나라에서 700만 명이 넘고 18세 이상의 성인 5명중 4명이 연 1회 이상 산에 오르는데 이를 모두 연 인원으로 환산하면 2억 5천 600만 명이 된다고 한다.

등산 인구에 비하여 등산 문화는 아직 많이 미흡하다고 할 수 있는데 자연을 훼손하거나 쓰레기를 버리는 행위 그리고 음주가무에 고성방가를 하는 행위가 진정하게 여가를 즐기는 것인지 또 건강에는 도움이 되는지 되물어 보고 싶다.

이로운 기운을 받으려면 자연과 조화를 이루며 한 몸이 되어 나무 한 그루 풀 한 포기 산에 있는 모든 것에 감사하는 마음으로 천천히 주위의 아름다운 경관을 감상하며 즐기는 기분으로 산행(山行)을 해야 한다.

필자도 우리나라의 유명산을 많이 올라 보았지만 산을 오르다 보면 어떤 산은 발걸음 가볍게 정상에 오르기도 하지만 또 어떤 산은 몸이 무겁고 쉽게 피로가 쌓여 산에 오르기가 힘들 때도 있다.

더욱이 하산 길에는 다리가 풀려 미끄러지거나 사고를 당하게 되는 경우가 있었는데 이는 산마다 전해 주는 기운이 각각 다르기 때문이다.

모두 같아 보이는 산도 모양에 따라 木, 火, 土, 金, 水의 오행으로 나눌 수 있으며 저마다의 독특한 기운을 뿜어내고 있다.

◎ 목형산(木形山)

산의 형태가 세로로 길쭉한 직사각형과 비슷한 모양을 하고 있는데 봉우리가 뾰족하거나 모가 나지 않으며 평평하며 우뚝 솟아 힘차고 곧은 느낌을 주며 동쪽 방위를 상징한다.

우리나라의 대표적인 목형산은 진안의 마이산, 북한산의 인수봉을 들 수 있으며 특히 인수봉은 청수한 아름다움을 그대로 간직하고 있다.

귀(貴)를 주관하는 목형산은 곧은 산세의 기운과 같이 정직성과 덕성, 관운이나 발전운에 영향이 미치고 목형산을 물형(物形)에 비유하면 귀인형(貴人形), 혹은 선인형(仙人形), 거문고형 등으로 불린다.

46, 55, 64, 73, 82, 91년생 남자와 49, 58, 67, 76, 85, 94년생 여자에게는 좋은 기운을 받게 되는 산

이다.

 59, 62, 65, 68, 71, 74, 77, 80, 83, 86, 89, 92,
95년생 남자와 57, 60, 63, 66, 69, 72, 75, 78, 81,
84, 87, 90, 93, 96년생 여자는 주의를 요 한다.

◎ 화형산(火刑山)

 산의 봉우리 형태가 불꽃 모양과 같이 뾰족하고 날카
로운 느낌을 주는 산으로 문필봉(文筆奉)이라고도 하며
방위는 남쪽을 상징 한다.

 혁명이나 개혁, 재건 등을 주관하며 명문장가(名文章
家)를 배출하는 기운에 영향이 미치며 성공이나 실패가
빠르게 나타나는 기운을 가지고 있는데 서울의 관악산,
영암의 월출산이 대표적인 산이다.

59, 62, 65, 68, 71, 74, 77, 80, 83, 86, 89, 92, 95년생 남자와 57, 60, 63, 66, 69, 72, 75, 78, 81, 84, 87, 90, 93, 96년생 여자는 즐겁고 재미있게 산에 오르게 되는 산이다.

57, 58, 66, 67, 75, 76, 84, 85, 93, 94년생 남자와 55, 56, 64, 65, 73, 74, 82, 83, 91, 92년생 여자는 하산 할 때에 조심해야 된다.

◎ 토형산(土形山)

중앙을 의미하는 토형산은 산의 봉우리가 가로로 장방형을 이루며 평평하고 넓다.

정상이 한일(一)자 와 같이 되어 있어 일자 문성(一字文星)이라고도 하며 산세가 높으며 든든하고 중후한

보호자 느낌을 주고 토형산이 낮으면 마을 밖에 있는 친근한 언덕의 느낌을 준다.

후덕한 형태가 귀인이나 덕이 높은 위인, 포용, 존엄, 부귀를 상징하며 산세가 크고 높을수록 영향력이 더욱 크다.

토형산을 물형에 비유하면 갈마음수형(渴馬飮水形), 옥금형(玉琴形)등으로 불리며 소백산이 대표적인 산이다.

57, 58, 66, 67, 75, 76, 84, 85, 93, 94년생 남자와 55, 56, 64, 65, 73, 74, 82, 83, 91, 92년생 여자에게는 힘들이지 않고 오르게 되는 산이다.

45, 54, 63, 72, 81, 90, 99년생 남자와 50, 59, 68, 77, 86, 95년생 여자에게는 지루함이 느껴지는 힘겨운 산이니 남녀가 동행하여 오르는 것이 좋다.

◎ 금형산(金型山)

산의 형태는 둥근 종(鍾)이나 가마솥을 엎어 놓은 듯한 모양인데, 곡식이나 재물을 쌓아 놓은 모습과도 비슷하여 노적봉이라고도 하며 서쪽 방위를 상징한다.

금형산은 재물운이 왕성하게 하고 곡식이 풍부하게 하는 부(副)를 주관하는 산이며 물형에 비유하면 장군대좌형(將軍對坐형), 옥녀등천형(玉女登天形), 금계포란형(金鷄抱卵形) 등으로 지칭된다.

45, 54, 63, 72, 81, 90, 99년생 남자와 50, 59, 68, 77, 86, 95년생 여자는 이로운 기운을 받게 되어 가볍게 오르는 산이다.

60, 61, 69, 70, 78, 79, 87, 88, 96, 97년생 남자와 61, 62, 70, 71, 79, 80, 88, 89, 97, 98년생 여자에게 는 조심하며 올라가야 한다.

◎ 수형산(水刑山)

수형산은 북쪽의 방위를 상징하고 물이 흘러가는 모습 처럼 형세가 곱고 유연한 형태를 하고 있으며 예술적 재능이나 선비의 청렴함 의미를 가지고 있다.

52, 60, 61, 69, 70, 78, 79, 87, 88, 96년생 남자

와 61, 62, 70, 71, 79, 80, 88, 89, 97, 98년생 여자에게는 이로운 기운을 받게 된다.

　55, 64, 73, 82, 91년생 남자와 49, 58, 67, 76, 85, 94년생 여자에게는 수의가 필요한 산이다.

　목, 화, 토, 금, 수형의 산들은 하나하나의 산세를 놓고 볼 때 지칭하지만 오행의 산들이 모두 서로 어우러져 함께 균형을 이룬 산세가 형성되어야만 산으로서의 역할과 기운이 더욱 강하게 된다.

　또 등산을 할 때에도 남녀가 함께하면 음양의 조화가 이루어져 즐거움이 두 배가 되고 피로감이 감소하여 훨씬 활기차게 산행을 할 수 있다.

36 소품의 기운(氣運)

소품은 나쁜 기운이 발생하는 곳이나 기운이 부족한 공간에 간단하게 장식을 하거나 놓아두기만 하여도 기운이 보충되며 이로운 기운이 생성되게 하여 기(氣)의 균형이 이루어지게 한다.

왕릉(王陵) 둘레에 있는 12지신 상은 능(陵) 안에 있는 왕의 사후(死後) 세상을 수호하고 왕의 영혼을 하늘로 승천하게 하며 태조(太祖)가 한양을 도읍지로 정할

때 관악산이 조산으로는 너무 높고 불이 타는 형세를
하고 있어 관악산으로부터 뿜어 나오는 화마(火魔)를
막아 궁궐의 화재를 비보(裨補)하기 위하여 지금의 광
화문 앞에 해태상을 세웠다.

해태상 처럼 동물이나 특별한 형태의 물건을 지정된
장소에 배치하거나 또 글자나 그림, 문양을 새긴 것을
걸어 두고 나쁜 기운을 사전에 막아내어 좋은 기운이
생성되게 하였다.

◎ 동물 형상의 소품

● 비휴(貔貅)

얼굴은 용과 비슷하고 여의주를 물고 있으며 머리 중

앙에는 뿔이 한 개 있고 날개가 양쪽에 달려 있는 상상
속의 동물로 항문이 없으면서 먹기만 하여 몸이 오리처
럼 둥글고 뚱뚱하다.

즉 돈이 들어오기만 하고 나가지 않는다는 의미이며
날개로 바람을 일으켜 재물을 더욱 왕성하게 모으는 기
운이 있어 머리를 대문(大門)이나 방문 쪽으로 향하게
하면 재물 기운이 강하게 작용한다.

사업장 입구에서 잘 보이며 손님이 돈을 계산하는 곳
에 두는데 대부분 옥이나 주물로 만들었다.

● **두꺼비(癩蛤蟆)**

비오는 날 시골 마당에서 엉금엉금 기어 다니는 네 발
두꺼비를 어릴적에 한 번씩은 보았겠지만 세발 두꺼비

를 본 사람은 없을 것이다.

세발 두꺼비는 네발인 두꺼비 보다 활동력이 부족하기 때문에 장소를 적게 옮기고도 제자리에서 먹이를 잡아 먹는데 이는 활동과 지출은 적게 하여도 금전만은 쉽게 끌어 모은다는 의미를 가지고 있다.

옛날 엽전을 입에 물고 팔괘나 엽전이 수북이 쌓여 있는 곳에 올라앉아 있는 세 발 두꺼비는 재물(財物)을 모이게 하고 사업이 번창되게 하며 옥이나 주물로 만든 것을 아침에는 출입문 쪽으로 저녁에는 집 안쪽으로 보게 돌려놓으면 기운이 한층 높아지고 식당이나 영업장에서는 손님들이 돈을 계산하는 곳에 두며 출입문에서 잘 보이게 한다.

● **학(鶴)**

날개가 달린 동물 가운데에는 우두머리로 꿈과 희망이

이루어지게 하며 양의 동물이기 때문에 음의 방향인 서쪽에 두면 음양의 조화가 이루어져 가정이 화목하고 평안 해진다.

이 밖에도 장수하는 새이기 때문에 건강운에 좋으나 날카로운 부리 때문에 나쁜 점도 있다. 그러나 기운이 강한 집안에서는 부리로 나쁜 기운을 쉽게 좇아내기 때문에 서쪽 방위에 놓으면 좋다.

● 용(龍)

용도 상상속의 동물이지만 권위의 상징이며 신비스럽고 영험한 능력을 가지고 있는데 머리는 뱀을 닮았고 뿔은 사슴의 것과 비슷하며 눈은 귀신, 귀는 소, 목은 뱀, 비늘은 잉어, 앞 발톱은 매, 뒷발은 호랑이를 닮았다.

그리고 대문에 용 그림을 붙여 놓고 나쁜 기운을 물리치기도 하지만 용은 물이 있는 곳에서만 좋은 기운이 더 해지며 침실이나 공부방에 두면 좋지 않고 술생(戌, 개띠)인 사람에게는 오히려 해로움을 준다.

집안에는 옥(玉)이나 수정으로 만든 것을 두는 것이 좋으며 입안에 여의주를 물고 있으면 기운이 한층 강하게 된다.

● **봉황**(鳳凰)

용과 학 사이에서 태어난 상상속의 동물로 신(信), 의(義), 예(禮), 지(智), 인(仁)을 갖추고 있으며 살아 있는 곤충과 풀은 먹지 않고 천리를 날아도 오동나무가

아니면 앉지 않는다고 하는데 선비의 뜻을 품고 있어 시험 합격 등 출세의 기운을 높여 준다.

왼쪽 방향으로 새끼를 꼬고 만든 둥지 위에 오동나무로 만든 봉황을 올려놓고 그 속에 수험생이 많이 사용한 필기구를 평소에 넣어 두었다가 시험 당일 날 고

사장으로 향하게 방향을 돌려놓으면 높은 점수를 기대해도 좋다.

필자는 매년 새해가 되면 전년도에 자란 오동 나뭇가지와 짚으로 만들어 현관에 두고 있다.

● 용구(龍龜)

머리는 용과 같고 천년을 산다는 거북이 몸을 합쳐 놓은 것 같은 상상의 동물이며 나쁜 기운들을 몰아내어 건강하게 장수하라는 의미와 오랫동안 행운이 들어오게 하는 의미를 가지고 있다.

집 안이나 거실의 북쪽 방위에 두면 자손에게 좋은 기운을 부르는데 지나치게 큰 것은 오히려 해로우니 집 밖에 두는 것이 좋다.

● 닭(鷄)

닭은 옛날부터 문(文),무(武), 용(勇), 인(仁), 신(信)의 오덕을 갖춘 상서로운 동물로 여기는데 머리에 관모양의 벼슬이 있어 문, 발에 날카로운 발톱이 있어 무, 적을 만나면 물러서지 않고 싸워 용, 먹을 것은 함께 나누어 먹으니 인, 어두워지면 잠을 자고 새벽의 때를 지키니 신이라고 하였다.

머리가 동쪽을 보도록 하면 나쁜 기운을 물리치고 새로운 출발의 기운을 북돋아 주며 악기(樂器)에 새긴 닭 문양은 닭의 울음소리 처럼 맑고 고운소리를 일정하게 나게 하려는 의미를 담고 있다.

● 기린(騏麟)

하루에 천 리를 달린다는 기린은 용이 땅에서 암말과 결합하여 태어났다는 전설이 있고 수컷은 기(騏), 암컷은 린(麟)이라고 한다.

이마에 뿔은 부딪치기 위하여 있지만 사용하지 않는 것은 어진 성품 때문이고 걸음도 법도 있게 걷고 살아 있는 벌레도 밟지 않기 때문에 어질고 밝은 임금에 비유하기도 하며 기린 상을 놓아두는 서쪽에는 청결하게 하여야 한다.

● 호랑이(虎)

호랑이의 신령스럽고 늠름한 모습이 외부의 모든 흉한 기운을 막아주기 때문에 호랑이가 그려진 그림을 대문에 붙여 두고 나쁜 기운을 쫓기도 하지만 용맹하고 위엄이 있어 호랑이 꿈을 꾸면 관운(官運)을 예감하기도 하며 존경과 신망 그리고 성취를 의미하게 때문에 옥(玉)이나 수정으로 만든 호랑이를 북쪽에 두면 변화의 바람을 일으키는 기운이 증폭 된다.

● 원숭이(猴)

원숭이는 사람과 가장 많이 닮은 포유동물로 총명함과 지혜로움을 상징하는 의미를 가지고 있으며 인장(印章)과 같이 귀중한 물건의 손잡이 부분에 많이 조각되어 있는 것을 볼 수 있는데 이는 원숭이의 영민함을 쉽게 받아들이고 접하여 현명하고 지혜롭게 모든 일을 처리하기 위해서다.

● 코끼리(象)

코끼리는 힘이 센 동물로 부처님이 탄생한 인도를 연
상케 하며 지능지수가 높
은 동물이다.

큰 몸집에 비하여 매우
영리하고 강한 힘으로 재
물을 모두 모이게 하며
어려운 일들도 현명하게
해결하라는 뜻을 담고 있
다.

코끼리 상을 응접실 탁
자 위에 올려놓으면 좋다.

● 곰 인형

곰은 다른 짐승처럼 약삭빠르지 않고 동작이 느리며
천진난만한 모습을 하고 있지만 결코 힘이 약하지는 않
다.

순진한 모습에 아이들이 좋아하게 되고 어른들에게는
편안함을 가져 다 주며 꾀를 부리지 않아도 재물이 모

이게 하며 남동이나 남쪽 방위에 곰 인형을 두면 연애운이, 서남쪽 방위에는 결혼이 성사된다.

동물 형상의 소품(小品)들이 나쁜 기운들을 몰아내고 이로운 기운을 생성되게 한다고 무분별하게 집안 곳곳에 많이 배치해 두면 오히려 해로우니 필요로 하는 기운이 있는 동물 형상 소품을 정해진 장소에 한 개 정도 두는 것이 좋다는 것을 명심하여야 한다.

◎ 기타 형상의 소품

● 흰 배추(白菜)

흰 배추는 중국에서 백 가지의 재물이라는 뜻인 '百財' 글자와 비슷하게 발음되며 배추 잎처럼 지폐가 겹겹이 알차게 뭉쳐 있다는 의미를 가지고 있어 돈과 재물이 쉽게 흩어지지 않고 모이게 한다.

흰색 옥이나 도자기로 만든 것을 음식점이나 숙박업소의 계산대 위에 놓아두며 설날에는 흰 배추를 요리 해 먹는 관습이 있다.

● 문창탑(門窓塔)

공부로써 뜻을 쌓는다는 의미를 담고 있는 문창탑은 9층으로 되어 있고 보통 금속으로 만들어져 있는데 이것을 가까이에 두고 공부를 하면 집중력이 높아진다.

수험생이나 고시생의 책상 위에 올려놓으면 좋은 성적을 얻을 수 있고 회사의 기획실이나 연구실에 두면 활발한 의견 교환과 좋은 생각이 떠오르게 한다.

● 팔각형 시계

시계의 모양은 가지각색이나 그중에서도 팔각형이나 둥근 모양은 팔방위의 신선한 기운을 받아들이고 집안의 막힌 기운을 뚫어 조정하는 역할을 한다.

테두리가 목재인 시계를 벽에 걸거나 탁상용으로 사용

하여도 좋지만 뻐꾸기 소리를 내면서 벽에서 튀어나온 시계는 좋은 기운을 흩어지게 하여 나쁘다.

● 토용(土俑)

토용은 장식용으로 주로 쓰인 토우와 달리 신라시대 순장 제도를 금하자 순장 자를 대신하여 주인과 함께 묻은 것이다.

사람이나 동물, 마차의 형태를 흙이나 돌, 나무 등으로 만들어 무덤 속의 나쁜 기운들을 몰아내게 하여 죽은 사람의 사후세계를 편안하게 유지 시키도록 했다.

집안에 장식용으로 몇 점을 놓아두는 것은 괜찮으나 개수가 많을 경우에는 유리문이 달린 진열장 안에 넣어두는 것이 좋으며 침실에 두는 것은 금물이다.

● 잉어(鯉魚)

중국 황하 상류에는 해마다 봄이 되면 수많은 잉어들이 거센 물결을 거슬러 올라오지만 용문이라는 협곡을 통과 한 잉어만이 용(龍)이 된다는 전설이 있는데 이를 용문(龍門)에 오른다는 뜻으로 등용문(登龍門)이라고 한다.

온갖 어려움을 극복하고 입신출세 한다는 의미를 담고 있어 높은 관직에 오르는 것은 잉어가 변하여 용이 되는 것과 같아 잉어의 문양(文樣)은 선비들의 연적이나 먹, 벼루에 많이 새겨져 있다.

또 중국에서는 집안이 넉넉하고 여유롭다는 뜻의 "里余"와 잉어 "鯉鱼"가 비슷하게 발음되어 설날에는 잉어 요리를 해 먹고 현관이나 사업장의 출입문에 잉어 그림과 복(福)자를 같이 거꾸로 붙여 놓는데 이는 복은 하늘에서 내려온다고 생각하고 또 도착하다는 뜻의 도 "到"발음과 거꾸로 라는 중국의 발음 "倒"이 비슷하기 때문이다.

● 장승(長栍)

장승은 마을의 사람과 물품뿐 아니라 길흉의 모든 기운이 드나드는 장소인 마을 입구에 세워 마을 전체의 안녕과 질서를 유지하게 하는데 좋은 기운이 마을 밖으로 빠져 나가지 않게 하고 또 마을 밖의 나쁜 기운이 들어오지 못하게 하여 마을의 신성함을 지켜주기 때문에 장승의 얼굴이 익살스럽고 무섭게 만들어 졌다.

● 금줄

옛날부터 우리 조상들은 신성한 공간이나 기쁜 일이 생기면 미리 금줄을 쳐 부정한 행위나 나쁜 기운이 침입하지 못하게 하였다.

마을을 대표하는 당산나무 둘레에도 쳐두지만 자식을 낳으면 대문 입구에 왼쪽으로 꼰 새끼줄을 치고 경사스러운 일을 집밖에 알렸고 아들을 낳으면 고추와 솔잎, 숯을 매달아 해로운 기운이 들어오지 못하게 미연에 방지하였으며 된장이나 고추장을 담글 때에도 금줄을 치고 버선본을 뒤집어 붙었다.

● 솟대

나무로 오리 모양의 새를 만들어 막대기 끝에 꽂아 세워 놓은 것을 솟대라고 하는데 마을을 풍수해로 부터 막아 풍년을 기원하며 화재로부터 보호하기 위하여 마을 입구에 세우기도 한다.

그리고 배 모양의 행주형(行舟形) 지세에는 마을 가운데 세워 배의 돛대의 역할을 하게 하여 홍수의 피해로 부터 마을을 지켜주는 기운을 부여하였고 또 과거에 급제하면 급제자의 집 앞이나 선산(先山)에도 세웠다.

● 청사초롱, 등잔불이나 촛대 불

우리는 좋은 일이 있으면 청사초롱의 불을 밝혀 이로운 기운이 쉽게 찾아오게 하였고 등잔불이나 촛불 역시 어둠 속에서 희망의 빛을 전해 주듯이 어려운 일이 생기면 희망과 꿈이 이루어지게 하는 의미를 담고 있다.

등잔불을 남쪽 방위에 두면 인기가 올라가는데 연예인들이 떨어진 자신의 인기를 만회하려면 침실에 등잔불이나 촛불을 켜면 인기가 상승하게 된다.

연예운이나 결혼운을 높여주는 등잔불이나 촛대불은 하나나 둘을 켜는 것은 좋아도 3개를 켜면 서로 3각 관계를 만들기 때문에 나쁘다.

◎ 풍수적 결함을 보완하는 소품

• 빛을 활용한 소품 : 거울, 조명등, 수정구슬.

- 나쁜 기운을 약화시키는 소품

    : 풍경, 바람개비, 모빌, 물레방아.

- 사람에게 생기를 주는 소품

    : 나무, 화분, 꽃, 어항, 분수.

- 보조 건물의 역할을 하는 소품

    : 조각상, 정원석, 정자 등이 있다.

- 소리나 화면, 바람으로 기운을 활성 시키는 소품

    : 오디오, TV, 컴퓨터, 에어컨, 선풍기.

- 색상으로 행운을 도와주는 소품

    : 옷, 소지품, 벽지, 가구.

- 풍수가들에 따라 고유하게 처방하는 소품

    : 대나무 막대나 피리, 달마도.

- 수맥 차단용 소품

    : 수맥 탐사봉, 동판, 제로맥.